CATALOGUE DE DESSINS

D'ESTAMPES

DE LITHOGRAPHIES, D'AUTOGRAPHES

ET DE

LIVRES A FIGURES

ORDRE DE LA VENTE.

Il y aura chaque jour avant la vente, de MIDI A UNE HEURE ET DEMIE, exposition de la vacation.

On aura 24 heures pour la vérification des livres et HUIT JOURS pour celle des autographes et constater leur authenticité. Passé ces délais, aucune espèce de réclamation ne sera admise.

M. Léon Techener fils, chargé de la vente, remplira les commissions des personnes qui ne pourraient y assister.

Paris. — Imprimerie de Ad. R. Lainé et J. Havard, rue des Saints-Pères, 19.

CATALOGUE

DE DESSINS, D'ESTAMPES

DE

LITHOGRAPHIES, D'AUTOGRAPHES

ET DE

LIVRES A FIGURES

COMPOSANT LE

CABINET DE FEU M. A. LABROUSTE

Directeur du collége Sainte-Barbe, officier de la Légion d'honneur.

Dont la vente aura lieu les 6, 7 et 8 mai, à 1 heure et demie,

Par le ministère de Mᵉ HENRI LECHAT, commissaire-priseur,
Rue du Faubourg-Poissonnière, 62,

Assisté de M. J.-LÉON TECHENER fils, expert, rue de l'Arbre-Sec, 52.

Exposition avant la vente à MIDI.

Hôtel des Commissaires-Priseurs, rue Drouot, salle n° 6.

(Au premier étage.)

SE DISTRIBUE

A LA LIBRAIRIE DE J.-LÉON TECHENER FILS

RUE DE L'ARBRE-SEC, 52, AU PREMIER.

1867

DÉSIGNATION :

DESSINS.

1 **Andrea del Sarto.** Un Martyr à genoux. — **Jean
d'Udine.** Tête de femme. — **Salvator Rosa.** Combat
de deux cavaliers. — **Pordenone.** Femme à cheval ;
quatre dessins au bistre et à la sanguine.

2 **Blomaert** (F.). Saint Jean prêchant ; dessin à la plume
légèrement lavé : *signé* et avec la gravure en contre-partie.
2 pièces.

3 **Blondel**, membre de l'Institut. Études pour ses tableaux ; 12 dessins aux crayons noir et blanc, sur papier
de couleur, et montés sur bristol.

4 **Canon** (Louis), élève de Charlet. Études et croquis au
crayon. 8 pièces.

5 **L. Cardi**, dit **Civoli**. Le Martyre de saint Étienne. —
A. Tempesta. Repos champêtre. — **Andrea Vacca-
ro.** Supplice. — **Gulio Lippi.** Un Festin ; ensemble
quatre dessins *montés sur bristol*, à la plume et au bistre.

6 **Cherubini.** Vue d'Italie ; à la sépia.

7 **Colin.** Le Retour de la chasse. — Mendiant. — Deux
dessins à la sépia.

8 **Crespi** (D.). La Sainte Vierge et l'Enfant Jésus, les Ado-
rations de plusieurs saints. — (D'après) **Raphaël.**
Études d'hommes. — **Santi Titi.** Jésus-Christ bénissant

les enfants; trois dessins à la sanguine, au lavis et au bistre.

9 **David**. Tête de femme. — Étude d'homme assis. — Académie d'homme debout; quatre dessins au crayon noir.

10 **Guérin** (Paulin). Bélisaire. — Sujet tiré de l'histoire romaine; deux dessins à la plume et au bistre.

11 **Huber**. Vues d'Orient; trois aquarelles.

12 **Jordaens**. Saint Évêque recevant le Saint-Esprit. — Vigoureuse aquarelle.

13 **Jouvenet**. Sainte Famille. — Pères de l'Église; deux dessins, à la sanguine et à la plume.

14 **Jouvenet** (J.). Femme endormie. — **N. Poussin**. Muse assise. — **E. Lesueur**. Un Ange apparaissant aux saintes femmes; trois dessins au bistre, à la plume et à la sanguine.

15 **Lebrun** (Ch.). Moïse frappant le rocher. — **E. Lesueur**. Mort de Lucrèce. — **G. Dughet**. Paysage; trois dessins à la sanguine, à la plume, lavés.

16 **Le Tintoret**. Le Martyre d'une sainte. — **A. Carrache**. Les Fils de Cadmus changés en grenouilles; deux dessins à la plume et au bistre.

17 **Lesueur** (E.). Sujet de la vie de saint Bruno; dessin au bistre.

18 **Lesueur** (E.). Étude pour l'un de ses tableaux. — D'après le **Poussin**. Mort de Virginie; deux dessins à la plume et au crayon noir.

19 **Lesueur**. Tête de vieillard. — **Ch. Lebrun**. Étude d'une tête de femme de la famille de Darius; deux dessins à la pierre noire et aux trois crayons.

20 **Michel-Ange**. Femme tenant un poignard, fresque. — **B. Biscaino**. Martyre d'une sainte; deux dessins à la plume et à l'encre de Chine.

21 **Mignard**. Composition allégorique. — Tête d'ange ; deux dessins au crayon noir et à la sanguine.

22 **Meynier**. 1785. Académies, croquis, etc. ; dix grands dessins à la sanguine et à la mine de plomb. Études faites à Rome.

23 **Nicolle**. Chapelle en Italie ; dessin sépia.

24 **Paggi**. Saint François méditant sur la mort en face du Christ ; dessin à l'huile sur papier.

25 **Pietro da Cortona**. Sujet de l'histoire romaine. — **Paul Véronèse**. Études diverses.—**B. Castiglione**. Portrait d'homme. — **Le Pérugin**. Jésus-Christ dans sa gloire ; quatre dessins à la plume, à la sanguine et au bistre.

26 **Puget** (P.). Cariatide. — **Ch. Lebrun**. Études de têtes. — Divinité des eaux ; trois dessins à la sanguine et à la plume.

27 **Raphaël Sanzio** (D'après). Étude pour l'une des fresques du Vatican. — Étude de l'Ange exterminateur ; deux beaux dessins.

28 **Renoux**. Deux dessins à la sépia.

29 **Thomas**. Allégorie politique, 1824 ; dessin à la sépia.

30 **Van Loo** (Carle), d'après lui et autres. Académies, sanguine, gravées par Demarteau ; treize pièces.

31 **Van Loo**. Têtes d'hommes, crayons noir et blanc, études pour ses tableaux ; deux pièces.

32 **Wouwermans**. Cheval attaché à un arbre. — **Berghem**. Deux hommes tirant un filet. — **J. Rottenhamer**. Sacrifice. — **A. Diepenbecke**. Le Supplice de la scie ; quatre dessins à la plume, au bistre, à la sanguine et au crayon noir.

33 **Zucchero**. Le Martyre d'une sainte ; riche composition au bistre.

34 Le Champ de bataille d'Eylau, par Debret; croquis.

35 *Hommage aux armées françaises*, par Callet; vigoureux dessin, crayon noir et sanguine.

36 La Paix entre Napoléon et l'empereur d'Autriche; deux grandes esquisses à l'huile, sur papier, par Coupin de la Couperie. — Sujets ronds, couleur camée.

37 L'École polytechnique aux buttes Chaumont, en 1814; belle aquarelle du temps.

38 La Municipalité rétablie et la garde nationale créée, par Gaultier-Dagoty; croquis à la plume.

39 Portraits de M. Andrieux, de l'Académie française; de Mme ***, 1825; trois dessins.

40 **Anonyme.** Femme donnant le sein à son enfant; au bistre et à la plume.

41 **École française.** Grande Tête de Bouchardon, académies de Gamelin, 1765; Jouvenet, de Lahire, 1720; Lemoine, Natoire, Lépicié, etc., sanguine et crayon noir; dix pièces.

42 **Étude du dessin.** Collections de têtes, académies, études de pieds, bras, mains, draperies, etc., dessins et gravures à la sanguine, au crayon noir, etc.; 150 pièces in-fol.

43 Suite de Trente et une pièces gr. in-fol., études de têtes, de mains et de pieds, d'après Raphaël, dessinées à la plume, par A.-L. Imbert.

44 Dessins d'études et croquis de divers genres, à la sanguine et autres; 9 pièces.

45 **Trois** dessins de Oudry, Pujet, etc.

46 **Huit** dessins de divers artistes.

47 **Huit** dessins divers de Cantarini, Fantasi, Perelle et autres.

48 Études, croquis, paysages, ruines, vues, tombeaux et autres dessins, par Valentini Rosetti et autres. 14 pièces.

49 Douze dessins, par divers artistes, anciens et modernes.

50 Un Lot de seize dessins de divers artistes.

51 Dix-huit dessins de divers artistes.

52 Modèles de dessins. Académie, têtes, paysages, etc., — et copies diverses. Ensemble 400 pièces, contenues dans 9 portefeuilles.

53 **Architecture.** Lot de dessins, plans, ornements, croquis, esquisses de tous genres. 82 pièces environ.

54 **Architecture.** Plans, coupes, bâtiments, etc., dessinés à la plume et au lavis par Léon Chabouillé, élève d'A. Leclerc; 80 pièces, dont quelques-unes d'une grande dimension et d'une perfection remarquable.

ESTAMPES.

55 **Albert Durer.** Estampes d'après lui et autres. 25 pièces.

56 **Berghen** (Van). Dix grandes estampes d'après ses tableaux et autres.

57 **Blomaert** (*Abr.*) Estampes gravées d'après lui. 25 pièces.

58 **Boissieu** (J.-J. de). Saint Jérôme. — Les Pères du désert. — Animaux et paysages. — 4 pièces gravées à l'eau-forte.

59 **Bosse** (Abraham). L'Enfant prodigue : le Départ, le Retour. 2 pièces à l'adresse de Leblond.

60 **Callot** (Jac.) Estampes diverses, dont la *Tentation de S. Antoine.* 55 pièces.

61 **Callot** (Jacques). Estampes diverses. 100 pièces.

62 **Cars** (Laurent). Estampes d'après les tableaux des grands maîtres. 11 pièces, dont une grande thèse avec le texte imprimé.

63 **Dalen** (Van). Les Saisons, sujets d'enfants. 4 pièces.

64 **Descamps** (d'après). *Les Joueurs de palets,* gravé par Koenig. Grand papier.

65 **Eisen** (d'après). L'École flamande; — l'École hollandaise. 2 grandes estampes.

66 **Ghisi** (J.-B.) *Mantuanus.* Les Troyens repoussant les Grecs.

Belle épreuve du cabinet Denon.

67 **Grenier** (F.) (d'après). Le Chirurgien militaire, gravé par Cottin. — Le bon Curé et le Médecin bienfaisant, d'après Duval Le Camus, gravé par Allais. — Le Soldat compatissant. — Le Maire charitable. — L'Orage pendant la moisson, etc. Sept grandes estampes.

68 **Jazet.** Les quatre Éléments, estampes épisodiques, d'après Martinet. 4 pièces in-fol.

69 **Luycken** (Joh.) Figures de la Bible. 8 grandes estampes in-fol.

70 **Nanteuil.** Les quatre Évangélistes, avant-dernier état; — La Couronne de Mantoue. 2 pièces montées.

71 **Rembrandt.** Eaux-fortes d'après lui et ses dessins. 9 pièces.

72 **Rembrandt** (d'après). 10 estampes.

73 **Rembrandt** (d'après). Lions, gravés par Bern. Picard. 12 pièces.

74 **Saint-Aubin** (d'après Aug.) *C'est ici les différents jeux des petits polissons de Paris.* 6 pièces.

75 **Sébastien Leclerc**. 28 figures. Mauvaises épreuves.

76 **Vernet** (Carle). Chevaux et Études. 8 grandes planches gravées par Demarteau.

77 **Wierx** (Hier.), **Collaert** et autres. 50 estampes d'une grande finesse d'exécution.

78 **Westt**. *The Golden Age*, d'après Westt, et une autre estampe *avant la lettre* d'après Creté.

---

79 **La Fage**. Divers Sujets tirés de l'histoire de Toulouse, d'après les dessins de Raymond La Fage et gravés par F. Ertinger. *Paris*, 1684. 19 planches gr. in-fol.

80 **Poussin** (N.). 12 estampes d'après ses tableaux, gravées par Cl. Stella et autres.

81 — Travaux d'Hercule, composés par N. Poussin; la Décoration de la grande galerie du Louvre, gravée par Gelée, d'après les dessins de Gatteaux. — 1850. 20 planches gr. in-fol. oblong.

82 **Raphaël** (d'après). La Sainte Famille. — La belle Jardinière. — La Vierge au chardonneret, d'après Fra Bartholomeo. Ensemble 4 grandes estampes.

83 **Raphaël, Michel-Ange, le Corrége**. 10 estampes anciennes gravées d'après les tableaux de ces grands maîtres.

84 Études d'après Raphaël, Lebarbier et autres, têtes, etc. 24 pièces in-fol.

85 **Raphaël** (d'après). Estampes pour l'étude du dessin d'après Raphaël et les grands maîtres. 60 pièces.

86 **Van Eyck** (d'après). *Sainte Barbe*, photographiée d'après le tableau original qui se trouve au musée d'Anvers. in-fol.

87 Études diverses d'après Raphaël et autres. 11 pièces.

88 Estampes diverses d'après les tableaux des grands maîtres
anciens. 10 grandes pièces.

89 Paysages, marines, etc., d'après Cl. Lorrain, Poussin,
J. Vernet, Loutherbourg, etc. 12 pièces.

90 Les Satyres et les Dryades, d'après Berghem. — Le Retour
de la pêche, par Jean Pillement. — Les Blanchisseuses
italiennes. 3 grandes estampes.

91 Vierges saintes, gravées d'après Raphaël et autres. 13 pièces.

92 28 estampes, d'après les maîtres flamands et français.

93 Estampes gravées d'après les tableaux de la galerie d'Orléans, épreuves sans le texte. 13 pièces.

94 **Estampes religieuses,** dont l'*Ecce Homo,* d'après
Guido Reni. — La *Sainte Madeleine,* d'après Murillo, etc.
5 grandes estampes presque toutes avant la lettre.

95 **Estampes publiées par la Société des Amis
des Arts.** La Maladie de Las Casas, d'après Hersent, par
P. Adam. — La Mort de Sapho, d'après Gros, par Lau-
gier. — La Mort de Roland, d'après Michallon, par Le-
maître. — Le Martyre de sainte Cécile, d'après Jules
Romain, par Dien. — Le Lévite d'Ephraïm, d'après Aug.
Couder. — Les Adieux au monde. — La Nymphe, d'après
Lancrenon.

96 **Delaroche** (Paul) (d'après). Pic de la Mirandole, gravé
par A. François ; Ruth et Booz, d'après Hersent, gravé par
Alex. Tardieu. 3 grandes estampes.

97 Les 16 Journées de la Révolution. Magnifiques gravures au
burin, par Helmann, d'après Carle Vernet, Boilly, Monnet,
Duplessis, Bertaux.

98 Collection des ports de France, peints par J. Vernet,
gravés par Cochin fils et Ph. Le Bas. 11 pièces, plus le
Port de Lisbonne et le Port de Gênes. Ensemble 13 pièces
in-fol. sur carton, belles épreuves.

99 Costumes de Fratelli, 1680. 52 pièces à l'eau-forte.

100 La naissance, la chute, la réparation et le salut de
l'homme. 12 estampes en 1 vol. in-4 oblong cart.

> Jolies compositions mystiques, prises de la Bible, avec légendes, et gravées dans le genre de Léonard Gaultier.

101 Empereurs romains, antiquités, statues et autres estampes. ensemble 23 pièces.

102 Anciennes estampes d'après les tableaux des grands
maîtres italiens. 75 pièces

103 Les Figures de la Bible, par Virgile Solis, sujets imprimés
au verso et au recto. 104 pièces.

104 Estampes d'après les grands maîtres, par H. Goltzius,
Crispin de Pas, Sadeler, Ph. Galle et autres. 28 pièces.

105 Thèses sous Louis XIV, avec les portraits de Gaston
d'Orléans, du chancelier Seguier, etc., gravées par
G. Huret, N. Pitau, Sévin, etc. 5 grandes pièces.

106 Gravures religieuses de l'école allemande moderne, dont
7 estampes de sainte Barbe. 18 pièces.

PORTRAITS.

107 Portraits des rois de France, depuis Pharamond jusqu'à
Henri III. Suite de 62 pièces : il n'y en a que 59. Ces
pièces sont de Virgile Solis et de Jost Amman.

108 **Gatteaux** (Jacq.-Édouard), de l'Institut. Portrait de
M. Gatteaux frère. — Petit, curé de Triel. — Charles de
Gardanne, médecin. — Hartmann, musicien.

> Ces quatre lithographies sont très-rares ; elles n'ont point été mises dans le commerce.

109 Portraits de Mgr Affre, de Mgr Sibour et de Mgr Morlot.
Ensemble 3 épreuves, d'après Belliard, gravées par Ger-
vais, in-fol., sur pap. de Chine.

110 **Portraits anciens**, format in-fol. 17 pièces.

111 **Portraits** de divers genres. 30 pièces.

112 Portraits de Voltaire, de Frédéric II, de la marquise du Châtelet, et pièces relatives à Voltaire. Ensemble 46 pièces, gravures et lithogr.

113 Portrait de A. Du Bertrand, principal du collége de Navarre; de J.-Bat. de la Salle, fondateur de l'Institut des frères des Écoles chrétiennes. — École des petites orphelines, d'après Bonvin, etc. 4 pièces.

114 Portraits des contemporains étrangers, par Mauzaisse et Grevedon, 1826; 8 livraisons, avec l'explication et *fac-simile*, de chacune 4 portraits.

115 Galerie française, collection de portraits des hommes et des femmes qui ont illustré la France dans les XVIe, XVIIe et XVIIIe siècles, avec notices, *fac-simile* et portraits lithographiés. *Paris*, 1821; 3 vol. in-4, d.-rel. (*Fatigué.*)

115 *bis*. Le même ouvrage. 3 vol. in-4, br., et quelques livraisons séparées.

116 **Portraits**, format in-fol. de l'*Iconographie des contemporains*. 28 pièces.

117 Portraits divers, lithographiés. 10 pièces.

118 Portraits divers, lithographiés. 13 pièces.

119 Portraits avec *fac-simile* d'autographes, publ. par Delpech. In-8. 164 pièces lithogr.

LITHOGRAPHIES.

120 **Adam** (Victor). Figures et Études aux deux crayons, par V. Adam, E. Lasalle, Paul Delaroche et autres. 14 pièces in-fol.

121 **Bonington**, élève de Gros. Ruines du château d'Arlay, 1827. 1 pièce.

122 **Boulanger** (Louis) (D'après). La Dernière Heure, et 3 sujets lithographiés, d'après Dévéria et autres. 4 pièces.

123 **Canon** (Jean-Louis). Portraits. — Études, d'après Rembrandt. — Scènes de genre, etc. 16 planches.

124 **Charlet**. (Dessins.) Croquis d'arbres à la mine de plomb. 4 pièces, montées avec soin.

125 — Notice sur cet artiste. — Catalogue de la vente après décès de Charlet, du 30 mars au 2 avril 1846. — *Quelques Mots* sur Charlet, par Aimé de Soland. — Notice sur Charlet, par Eugène Delacroix. — Catalogue de 493 dessins de Charlet pour le *Mémorial de Sainte-Hélène.* — Charlet, par Charles Blanc, etc. 8 brochures.

126 **Œuvre de Charlet**. 282 planches, réunies en 3 vol. gr. in-4, reliés.

> Cette collection renferme quelques planches rares, d'essai et avec remarques.

127 **Charlet**. Jacques-Vincent, premier fondateur des Frileux, 1838 (L. C. 347).

128 — Le Grenadier manchot (L. C. 51). Deux épreuves : l'une du 2ᵉ état, les joints des pierres du mur effacés ; — l'autre du 3ᵉ état, les joints des pierres rétablis.

129 — 5 *Mai ! la Prière du vieux soldat ; —* 15 *Août ! Nobles Souvenirs* (L. C. 358 et 359). 2 pièces sur chine, faisant pendant.

130 — *Elle a le cœur français, l'ancienne !... — L'Insubordination.....* 2 pièces.

131 — *Lieutenant,* dit-il, *je cherche du fourrage pour mon cheval* (319 R.). AVANT LA LETTRE.

132 — Napoléon Iᵉʳ, son portrait à différentes époques et dans diverses circonstances. 12 planches.

133 — L'Aumône : « Un grenadier décoré s'est arrêté devant un vieux mendiant.... » — et autres. 4 pièces d'essai et AVANT LA LETTRE. (*Rares.*)

134 — Vie du caporal Valentin. 7 pièces.

135 — *Ils sont les enfants de la France.... — Entrée et sortie de milord Gorju. — Ils s'en vont !... — Que dit-on?... — Il faut en rire....*, etc. 11 pièces.

136 — Croquis et Pochades à l'encre, 1828. 7 planches sur chine.

137 — Croquis et Pochades à l'encre. 8 pièces.

138 — Sujets divers et d'albums. 15 pièces.

139 — Études et Croquis pour le dessin. 14 planches.

140 — Scènes enfantines. 12 planches.

141 — Pièces politiques. — Allusions satiriques, etc. 25 p.

142 — Costumes militaires sous Napoléon Ier. 34 planches, chine.

143 — Divers sujets, croquis, sujets militaires, scènes enfantines, etc. 36 planches.

144 — Lot de 40 pièces de tous genres.

145 — Croquis à l'usage des enfants ; — Jeux enfantins ; — Fantaisies, etc. 44 pièces.

146 — Épisodes militaires et scènes familières. 44 planches.

147 — Épisodes militaires. — Scènes de la vie de garnison. — Marches et Campagnes de l'armée française. 50 pièces.

148 — Mœurs et Dictons populaires. — Scènes de la vie parisienne, etc. 51 pièces.

149 **Decamps**. La France pleure ses victimes. Pièce politique.

150 **Delacroix** (Eugène). Femme d'Alger couchée sur des carreaux. — Une Rue à Alger, sur la même feuille; au

milieu *fac-simile* d'une pièce de vers autographe de Lamartine. Lithogr. à la plume.

151 **Demarne** (J.-Louis), né à Bruxelles en 1744. L'Abreuvoir, sujets d'animaux, etc. Ensemble 6 pièces.

152 **Demarne**. Paysages. 2 pièces.

153 **Deroy** (Isidore). Paysages des environs de Paris, château de Maison, etc. 13 pièces.

154 **Desenne** (Alexandre). Le Peintre classique. — Le Peintre romantique. — La Subordination. — Marianne la Folle. — Tartuffe, 2 pièces épreuves sur chine. — Daphnis et Chloé, 2 pièces. — Paul et Virginie, 2 pièces. — Les Alouettes. Ensemble 13 pièces.

155 **Dreux** (A. de). Chevaux et attelages. — M. Pellier et Baucher à cheval. Souvenirs de l'Hippodrome. 7 grandes planches.

156 **Dupré** (Louis), élève de David. Vénus et Anchise, d'après un bronze, chine. — Pompéi. — Fontaine de Katiana et autres. Ensemble 14 pièces.

157 **Enfantin** (Augustin), élève de Bertin. Paysages, 12 pièces sur chine, bonnes épreuves.

158 **Fleury** (Robert), élève de Gros. *Pirates*, 1820 (*Engelmann*). — *Le Billet de logement*, 1820 (*C. Motte*). 2 pièces.

159 **Fielding-Newton**. *Animals drawn on stone*, 1829, publié et imprimé par Ch. Motte. 13 pièces au lavis, chine.

160 — Études d'animaux. 5 pièces.

161 **Gaillot**. Enfantillages, étrennes pour les grands et les petits. 1824. 15 pièces, premières épreuves.

162 **Gaillot** (Bernard), élève de David. Essais historiques, scènes et paysages, enfantillages, etc.

163 **Grenier** (François Saint-Martin), élève de David et de Guérin. *Album lithographique*, 1827, et divers essais. 21

pièces. — *Album lithographique*, 1828. 12 pièces. — Divers sujets composés et dessinés sur pierre, 1833. 7 pièces.

164 **Grenier** (F.). **Chapelat**, **Boulanger**. Scènes et épisodes de la vie de Napoléon Ier. 18 grandes planches.

165 **Gudin** (Théodore), élève de Girodet. *Recueil de marines*, 1822. 10 pièces.

166 — *Le Crépuscule, Naufrage sur la côte, le Lever du soleil, Temps de grain.* 4 pièces sur chine.

167 — *Tempéte, le Retour du pilote* et marine. 10 pièces.

168 **Hersent** (Louis), membre de l'Institut. Le Petit Chien, l'Ermite, la Fiancée du roi de Garbe, Mazet de Lamporecchio, les Rémois, Joconde, le Savetier, Comment l'esprit vient aux filles, le Remède, la Courtisane amoureuse, 1819. 10 pièces des contes de La Fontaine.

169 — Monseigneur l'évêque d'Hermopolis. — A.-J. de Clermont-Tonnerre. — Ruben et Cala. — Un Berger et une Bergère antiques. Ensemble 4 pièces.

170 **Hubert**. Paysages et forêts. 12 planches lithographiées par Villeneuve, format in-fol.

171 **Huber**. Paysages, études. 47 pièces, noir et à deux tons.

172 **Isabey** (J.). Voyage en Italie en 1822. 30 planches.

173 **Jazet**. Le Denier de la veuve. — Jésus et les petits enfants, d'après F. Barrias. — Duquesne. — Duguay-Trouin. — Jean Bart. — Tourville, d'après Garneray, 8 grandes estampes à la manière noire. 8 pièces.

174 **Lalaisse** (Franç.-Hippol.), élève de Charlet. Grandes Études de chevaux, lithographiées et au lavis; fantaisies, etc. 20 pièces.

175 — Études de chevaux, sujets de fantaisie, paysages et animaux. 38 pièces, épreuves choisies avec soin.

176 — Études de chevaux, pour l'ouvrage de M. Gayot, inspecteur général des haras, sur la Production des chevaux

en France. 55 planches, belles épreuves sur papier de Chine fort.

177 — Armée française. Nouvelle Garde impériale à pied et à cheval. 43 pièces, belles épreuves.

178 **Lamy** (Eugène), élève d'Horace Vernet. Waverley et miss Flore. — Jeanny Deans. 2 pièces.

179 **Le Blanc** (Théodore), élève de Charlet. Croquis d'après nature, faits pendant trois ans de séjour en Grèce et dans le Levant. *Gihaut*. 8 pièces sur chine, belles épreuves.

180 **Lecomte** (Hippolyte). Le Meunier, son Fils et l'Ane, et autres. 7 pièces.

181 **Mauzaisse** (Jean-Baptiste), élève de Vincent. La Colombe et la Fourmi, etc. 4 pièces pour les Fables de La Fontaine. 4 pièces.

182 **Raffet**. Croquis et scènes militaires. 7 planches.

183 **Redouté**. Roses et Pensées. 3 pièces.

184 **Rémond** (J.-Ch. Forestin), élève de Regnault. Église de Royat, 1819. — Vue de Castellamare, 1828. — Les Artistes en campagne. — Le Sermon, etc. 6 pièces.

185 **Rosa Bonheur**. Scènes pastorales, animaux, etc. 8 grandes pièces.

186 — Grandes Études d'après ses œuvres, reproduites par les principaux artistes sous sa direction. 12 planches gr. in-fol.

187 **Swebach**. Scènes de chasse et de genre. 39 pièces.

188 **Thomas** (J.-Bapt.), élève de Vincent. Scènes diverses. 6 pièces.

189 **Thienon** (Claude), né à Paris en 1772. Ruines d'une commanderie de l'ordre de Malte à Clisson, et autres vues de France. — Vues d'Italie, etc. 23 pièces, épreuves la plupart avec le nom de Lasteyrie.

190 **Thienon, Bouhot** et autres. Paysages, vues diverses, etc. 16 pièces.

191 **Vernet** (Carle). Études de chevaux. — Chasses. — Ca-
ricatures. — Scènes des fables de La Fontaine. 22 pièces.

192 — Divers croquis de chevaux. 24 grandes pièces. —
Études de chevaux, combats, etc. 23 pièces.

193 — Études de chevaux, combats, croquis, etc. 25 pièces,
la plupart à l'adresse de Lasteyrie.

194 **Vernet** (Mme Carle), née Fanny Moreau. Portraits en
profil de J.-M. Moreau, de Joseph Vernet et de Carle
Vernet, réunis sur la même feuille.

195 **Volmar** (Joseph-Simon), élève de Géricault. Étude de
chiens. 8 pièces, épreuves sur chine.

---

196 **Prudhon, Veyrassat, Ch. Jacques** (d'après), etc.
44 planches, gravées et lithographiées d'après leurs tableaux.

197 **Troyon, Jules Dupré, Isabey, Roqueplan,
Corot, Ed. Bertin** et autres (d'après). 50 planches.

198 **Marines** et épisodes maritimes, par Gudin, Morel-
Fatio, Perrot, etc. 18 pl. gr. in-fol.

199 Lot de lithographies d'après Gavarni, Vict. Adam, Jules
David, etc. 32 pièces.

200 *Fac-simile* de dessins d'après les grands maîtres anciens
et modernes. 24 pièces.

201 Mœurs parisiennes, par Pigal. 100 lithog. coloriées, 1 vol.
gr. in-4, dem.-rel.

202 Les Robert-Macaire. 180 pièces lithogr.

203 Les Artistes anciens et modernes, par Baron, Français,
Le Roux, Mouilleron et Nanteuil. 17 pièces lithogr., in-
fol. cart.

204 Études d'animaux, lithogr. par Brascassat, Cooper, Vict. Adam, Newton Fielding, Lehnert, Chiens de C. Vernet, et autres. 32 pièces.

205 Études d'arbres, par J. Jacottet. 7 planches.

206 La Morale en images, par Alophe et autres. 46 pièces.

207 Vues de châteaux et de divers paysages de France, par le baron Taylor, L. Coignet, etc. 30 planches.

208 Sujets de piété. 13 pièces de divers artistes.

209 Lithographies, scènes de différents genres. Ensemble 29 pièces.

PIÈCES DIVERSES.

GRAVURES, LITHOGRAPHIES ET PHOTOGRAPHIES.

210 Les Vertus innocentes ou leurs Symboles sous des figures d'enfants. *Paris, Mariette.* 6 pièces.

211 Vue d'Aix-les-Bains et d'Eaux-Bonnes. 12 pièces lith. en couleur.

212 Pièces historiques. 20 pièces diverses gr. in-fol. et in-fol.

213 **Architecture**. Monuments, édifices, palais, etc. 34 pièces format gr. in-fol.

214 Architecture, plans, monuments, ornements, etc., gravés et lithographiés. Ensemble 120 pièces in-fol. et gr. in-fol.

215 51 Vues d'optique coloriées.

216 Suite de photographies : Port de Cette, Camp de Châlons, Paysages, Portraits, etc. 54 pièces in-fol. supérieurement exécutées, montées sur bristol.

217 Plans de Paris anciens et modernes. 11 pièces gr. in-fol.

218 Carte comprenant les États-Unis, le Mexique, l'Amérique centrale, les Antilles et le Canada, par J.-L. Sanis, gravée par Erhard. *Paris* (1865), en 24 feuilles coloriées sur colombier.

219 Planches murales d'histoire naturelle, par Ach. Comte. Ensemble 4 feuilles.

220 Cartes géographiques, vues, etc. Ensemble 24 pièces.

221 Gravures, lithographies, portraits, cartes, etc. Ensemble 40 pièces.

222 180 pièces, gravures, lithograph. de monuments, portraits, etc., toutes pièces relatives au Collége Sainte-Barbe et à d'autres institutions, lycées.

223 Vues de Nice. 7 lithographies faites avec soin et montées sur papier bristol. 7 pièces.

224 Plan de la tour de l'église de Notre-Dame d'Anvers, mesurée et dessinée par Serrure, réduit et expédié par P. Erkes. 8 planches gr. in-fol avec la notice historique. *Anvers*, 1840. In-fol.

225 Suite de 14 planches coloriées gr. in-fol. Vues de monuments de l'Angleterre et de l'Écosse avec texte en anglais.

226 Collection de 27 planches noires et coloriées, dessins lithographiés de meubles et ornements d'appartements.

227 Souvenirs d'Italie, dessinés sur pierre, par Thomas, Lesueur, Coutan, Monvoisin, Rémond. 1 cahier in-fol. de 6 planches.

228 Exercices de dessin linéaire et de lavis, par J. Bouchet. *Paris*, 1855; cahier in-fol. oblong de 6 planches.

229 Portails d'églises de Tours et de ses environs, par Ed. Massé, 1834. 6 dessins lithographiés avec texte. Un cahier in-fol.

230 Projets de reconstruction de la salle de l'Odéon, par Peyre fils. *Paris*, 1819. In-fol. avec 7 gr, planches lithographiées.

231 Bas-relief des monuments de Rome. 32 pièces in-fol.

232 La Grèce tragique, essais de compositions au trait, gravés à l'eau-forte, par Etex. 44 planches gr. in-4 oblong.

233 Recueil des costumes français, ou Collection des plus belles statues et figures françaises, des armes, meubles, etc., rédigé, dessiné et publié par F. Beaumert et Rathier. *Paris*, 1809 à 1815. 37 livraisons in-fol.

234 Relation du voyage de S. M. Charles X dans le département du Nord, en 1827, par Ch. Durosoir. In-fol. avec 9 lithogr.

235 Le Portefeuille des ornemanistes, sculpteurs, architectes et peintres, par J. Carot. 41 planches gr. in-fol.

236 Vues de villes et vignettes anglaises, d'après Prout, Harding, Sanfield. 59 pièces gravées sur acier.

237 Lot de gravures, lithographies, images, cartes, calligraphies, etc. 100 pièces environ.

238 Lot de diverses gravures, portraits, vues, etc. 55 pièces.

239 Lots de gravures et lithographies non cataloguées.

VIGNETTES.

240 Figures de la Bible, d'après Moreau jeune. 12 pièces.

241 Suite de figures pour la Bible, dessinées par Marillier. 109 pl. gr. in-8, bonnes épreuves.

242 Sujets de l'histoire ancienne. 63 figures coupées d'un ancien livre.

243 **Boileau**. Titres et vignettes gravées sur bois et coloriées, d'après Tony Johannot, Devéria, Grandville.
18 pièces.

244 **Fénelon**. Télémaque. 18 figures gravées sur bois, remontées sur papier vélin in-8.

245 **La Fontaine**. Figures gravées sur bois d'après les dessins de Jules David. 200 pièces remontées sur papier
vélin in-8.

246 Collection de vignettes gravées *sur bois*, pour mettre en
tête de toutes les Fables de La Fontaine :

1° Vignettes	240
2° En-têtes pour divers sujets d'Ovide.	2
3° En-têtes arabesques.	15
4° Lettres ornées	6
5° Milieux de pages, portraits . . .	10
6° Culs-de-lampes	90
Ensemble : vignettes	363

247 Figures des Fables de La Fontaine, gravées sur bois pour
l'édition parisienne en 2 vol. in-32, publiée par Crapelet.
Paris, 1830, gr. in-8, cart.

248 Collection de 235 figures pour les Fables de La Fontaine,
gravées par Simon et Coiny, d'après les dessins de
Vivier, de format in-18, tirées sur in-8, bonnes épreuves.

249 Suite de 60 belles gravures avant la lettre pour les Fables
de La Fontaine. In-18, sur format in-8.

250 **La Fontaine**. Fables. 112 épreuves, d'après Bergeret,
épreuves avant la lettre tirées sur papier vélin in-4.

251 Douze vignettes de Perdoux pour les Fables de La Fontaine. Format in-8.

252 Collection de 275 figures des Fables de La Fontaine, gravées par Simon et Coiny, d'après les dessins de Vivier,
de format in-18. Tirées grand in-8 sur 240. Il se trouve
en tête 1 vignette gravée sur bois, par J. David.

253 Figures pour les Contes de La Fontaine. 46 eaux-fortes de Romain de Hooghe et autres.

254 Figures de Moreau jeune, pour les Contes de La Fontaine. In-8. 9 pièces.

255 Collection de 72 pièces grand in-8, *représentant chacune 2 gravures*, l'une en tête gravée sur bois, l'autre en bas gravée sur cuivre, pour les Contes de La Fontaine. Très-jolie collection.

256 **Molière.** Suite complète de 22 figures, d'après Desenne, gravées par Larcher et autres. Portrait.

257 **Racine.** Figures au trait d'après Prudhon, Gérard, Girodet. 57 pièces. — 13 figures gravées d'après les mêmes avant la lettre. — 13 autres figures d'après Moreau. — 83 pièces.

258 **Racine et Corneille.** Trente-deux figures, par Gravelot et autres.

259 **Gérard** (d'après), **Girodet** et autres. Figures pour le Théâtre de Racine. 19 pièces.

260 **Théocrite** et Théâtre des Grecs. 97 pièces d'après Borel et Lebarbier, à l'eau-forte, avant et avec la lettre.

261 **Virgile.** Suite complète de 6 vignettes, d'après Moreau, y compris le portrait avant la lettre pour les *Géorgiques*, plus 3 eaux-fortes.

262 — Suite de vignettes pour les *Bucoliques*, d'après Huet et Fragonard, gravées par Copia, avant les cadres et avant la lettre, plus 2 portraits. Ensemble 22 pièces.

263 — Figures et vignetttes d'après C.-N. Cochin, pour les œuvres complètes. 56 pièces.

264 — Daphnis et Chloé. 15 figures au trait, d'après Gérard, in-8.

265 — Figures et vignettes pour les œuvres de Virgile, par Cochin, Gérard et autres. 25 pièces.

266 Suite complète de sept vignettes pour Lucrèce, épreuves avant la lettre.

267. Suite de trente-six gravures in-8, d'après les dessins de Moreau jeune, pour les Lettres à Émilie sur la mythologie.

268 Figures de Tony Johannot, pour les Œuvres de Delille. 7 pièces et 1 portrait sur chine.

269 Suite de vingt-deux portraits, lithogr. par Julien, pour illustrer le Cours de littérature de Laharpe. In-8.

270 Suite de douze vignettes pour les Œuvres de Casimir Delavigne, d'après les dessins d'Alfred Johannot. *Paris*, 1846; gr. in-8.

271 Figures pour les Œuvres de Voltaire. 50 pl. dessinées par Moreau jeune. Gr. in-8. (Très-belles épreuves.)

272 Une suite de 73 gravures in-8, d'après les dessins de Moreau jeune, pour les Œuvres de Voltaire.

273 Suite de 121 gravures in-8, d'après les dessins de Moreau, pour les Œuvres de Voltaire.

274 Suite de 127 gravures in-12, d'après les dessins de Desenne et gravées par Lecerf, pour les Œuvres de Voltaire.

275 Figures pour les Œuvres de Schiller, gravées par Blancard. 8 pièces, belles épreuves sur papier de Chine, in-fol. suite complète et 1 portrait.

276 **Béranger**. Quinze petits dessins à la mine de plomb, pour les Chansons de Béranger.

277 Pygmalion, suite complète de six vignettes d'après Eisen, avec titre, intercalées dans le texte gravé,

278 Suite de 25 vignettes pour Métastase, d'après Cochin, Cipriani, Martini, etc.

279 Figures de Cochin, Eisen, Gravelot, Marillier, etc. 32 pièces.

280 Révolution française. Seize figures in-18 d'après Moreau, Monnet, avant la lettre, dont quatre eaux-fortes.

281 **Raffet**. Vignettes relatives à la Révolution française. 31 pièces, la plupart sur chine.

282 Lot de vignettes pour illustration de livres sur chine, eaux-fortes, etc. 30 pièces.

LIVRES A FIGURES.

283 Figures de la Bible, avec une courte explication. *Paris*, 1767; gr. in-4, fig. à mi-page, v. m. fil.

284 Suite de trente-deux gravures de la Bible, publ. par Furne. Gr. in-8, d.-rel.

285 Album religieux. Vie de N.-S. Jésus-Christ, compositions d'Overbeck, aquarelles typographiques de l'impr. de Plon. 12 dessins avec texte, gr. in-4, cart.

286 Brière et fidèle Exposition de l'origine, de la doctrine, des constitutions, usages et cérémonies ecclésiastiques de l'Unité des frères connus sous le nom de frères de Bohême et de Moravie. 1758; pet. in-8, cart.

Orné de 16 figures extrèmement curieuses.

287 Les Douze Mois. In-16, oblong, dos et coins de v. f. fil.

Recueil de 12 jolies gravures sur cuivre, de J. Ulrich Kraus.

288 Symbolographia, sive de arte symbolicâ sermones 7, auctore A. P. Jacobo Boschio, è S. J. *Aug. Vindelic.* et *Dilingæ.* 1701; in-fol. v. br.

Ce volume ne renferme pas moins de 2,000 emblèmes et devises gravés par Jac. Muller.

289 Iconographie, ou Traité des allégories, emblèmes, suite de jolies planches dessinées par Cochin fils et Gravelot, avec un texte explicatif. *S. l. n. d.* gr. in-8, cart. n. rog. figures.

Ce volume sera vendu à titre de Recueil factice.

290 Les Jardins, ou l'Art d'embellir les paysages, par Delille. *Paris,* 1844 ; gr. in-8, fig. d'Outwaite, br.

291 Suite de cinquante-deux petits sujets que l'on pourrait
intituler : la Vie et les Jeux de l'enfance, grav. par un
artiste hollandais, et remont. de format in-fol. cart.
(*Curieux.*)

292 Jeux de l'enfance, gravé par Claudia Stella. Recueil
in-4 obl. br.

> Suites de jolies planches modernes.

293 Les Bâtiments et les Dessins d'André Palladio, recueillis
par Scamozzi, en italien et en français. *Vicence,* 1776 ;
5 vol. gr. in-fol. d.-rel.

> Édition estimée. Le 5e volume est ajouté et contient les *Thermes des
> Romains.* Bel exemplaire, provenant de la bibliothèque de la Malmai-
> son et de celle de M. Vivenel.

294 Précis des leçons d'architecture données à l'École polytechnique, par Durand. *Paris,* 1802 ; 2 vol. in-4, fig.
d -rel.

295 Manière de bastir pour toutes sortes de personnes, par
Pierre le Muet. *Paris,. s. d.* 2 parties en 1 vol. in-fol.
texte et fig. gravés. Ensemble 106 planches, v. m.

296 Fables d'Ésope, représentées en figures. *Paris, s. d.*;
in-4, d.-rel. (97 pl.) Texte et fig. grav.

297 Fables choisies, mises en vers, par J. de La Fo taine.
Paris, 1755-59 ; 4 vol. in-fol. fig. d'Oudry, v. éc. fil. tr.
dor. (*Belles épreuves.*)

298 La Fontaine en estampes. Nouvelle édition des Fables,
ornée de 110 gravures en taille-douce, imprimées à mi-
page dans le texte. *Paris,* 1821 ; 1 vol. in-4, br. non
rogné.

299 Aventures de Télémaque, par Fénelon. *Amsterdam,*
1761 ; in-fol. d.-rel. non rogné.

> Texte encadré ; belles figures.

300 Théâtre de J. Racine. *Paris*, 1813; 1 vol. gr. in-fol. d.-rel. maroq. rouge, non rogné.

Édition stéréotype in-18, tirée sur in-fol. à 2 colonnes; sans figures.

301 Œuvres de Boileau. *Paris, Didot l'aîné*, 1829; 2 vol. in-fol. d.-rel. maroq. figures.

302 Œuvres d'Estienne Pasquier. *Amsterdam*, 1723; 2 vol. in-fol. v. m.

303 Atlas des promenades pittoresques dans Constantinople, par Ch. Pertusier, *Paris*, 1817; 25 planches gravées par Pirenger, d'après les dessins de Préault, avec explication, 1 vol. gr. in-fol. d.-rel.

304 Les Traits de l'histoire universelle, sacrée et profane, d'après les plus grands peintres et les meilleurs écrivains; publié sous la direction de Le Bas (Histoire poétique). *Paris*, 1771; 2 vol. in-8, fig. cart. n. rog.

225 planches; le texte est gravé à mi-page au-dessous de chaque sujet.

305 Histoire romaine représ. par fig. dessin. par Myris; accomp. d'un précis histor. au bas de chacune. *Paris, s. d.;* in-4, d.-rel. (108 pl.).

306 Histoire de France, en figures, 154 planches gravées et texte gravé, d'après les dessins de Lépicié et de Moreau jeune; 1 vol. in-4, d.-rel.

307 Histoire de France, en figures, 144 planches gravées (texte gravé), d'après les dessins de Lépicié et de Moreau jeune; 1 vol. in-4, d.-rel.

308 Excursion à la Grande Chartreuse, recueil de 26 vues lithographiées, précédé d'une notice historique, publié par Champin. *Grenoble*, 1838; gr. in-fol., d.-rel. mar. r.

309 Voyage à la Grande Chartreuse, par Bourgeois. *Paris, Didot l'aîné;* 1 vol. gr. in-fol., avec figures à 2 teintes.

310 Notice sur la Ste Baume, vues et plans, publ. par Chevalier. *Paris*, 1822; in-fol., avec 9 lithographies.

311 Lettres ou Voyage pittoresque dans les Alpes, suivi
d'un Recueil de vues des monuments antiques de
Rome, etc., en 48 planches et un frontispice, dessinées
d'après nature et gravées à la manière du lavis, par
Baltard. *Paris*, *Crapelet*, 1806, in-4, gr. pap. vél.
d.-rel. v. n.

312 Voyages aux glaciers de Chamouni. *Paris, Didot l'aîné;*
gr. in-fol., fig. à 2 teintes, cart.

313 Lettres sur la Suisse, par de Villeneuve. *Paris, Engelmann*, 1823 à 1832 ; 5 vol. in-fol., d.-rel. v. vert.

314 Villeneuve. Lettres sur la Suisse, accompagnées de vues
dessinées d'après nature par Villeneuve, publiées et
lithographiées par G. Engelmann. *Paris, Engelmann,*
1823-27; 2 vol. gr. in-fol. d.-rel. basane br. fig.

> Ouvrage bien exécuté, se composant de quatre parties : la première
> (*Oberland bernois*), en 6 livraisons ; la deuxième (*Evéché de Bâle* ,
> en 4 ; la troisième (*Lac des quatre cantons*) et la quatrième (*Lac de
> Genève*), en 6 cahiers chacune. En tout, 22 cahiers. — La cinquième
> partie, qu'on a ajoutée : *Route de Simplon* , *Paris*, *Engelmann*.
> 1829-30, se trouve dans cet exemplaire.

315 Souvenirs du golfe de Naples, recueillis en 1808, 1818
et 1824, par le comte Turpin de Crissé. *Paris*, 1828;
in-fol., avec 50 belles gravures, d.-rel. mar.

316 Tableaux historiques des campagnes d'Italie, depuis
l'an IVe jusqu'à la bataille de Marengo. *Paris*, 1806;
gr. in-fol., fig. cart.

317 Édifices de Rome moderne, par Letarouilly. *Paris,*
1840; gr. in-fol., fig. d.-rel. mar. rouge, non rog.

> Bel exemplaire de la bibliothèque de M. Vivenel.

318 Paléographie latine, par Silvestre et Champollion. *Paris,*
Didot, 1843; gr. in-fol., fig. d.-rel.

319 Les Illustres Français, ou Tableaux historiques des
grands hommes de France, d'après les dessins de Marillier; 49 planches in-fol., cart.

320 Vies et Œuvres des peintres les plus célèbres de toutes
les écoles, publiées par Landon. *Paris*, 1805 ; 7 vol. in-4,
fig. au trait, cart.

321 Galerie historique des hommes les plus célèbres, avec
leurs portraits gravés au trait, publiée par Landon.
Paris, 1805 ; 8 vol. in-12, bas.

322 Galerie historique des hommes les plus célèbres, publiée
par Landon. *Paris*. 1805 ; 13 vol. in-12, portraits au
trait, d.-rel.

323 Iconographie grecque et romaine, par Visconti. *Paris*,
Didot, 1811 ; 5 vol. in-4 et 2 Atlas gr. in-fol., d.-rel.

324 L'Antiquité expliquée (en franç. et en latin), et représentée en figures par Dom Bernard de Montfaucon.
Paris, 1719 ; 10 tom. en 5 vol. in-fol., veau fauve. —
Supplément, 1724 ; 5 vol. in-fol. Ensemble 10 vol.
in-fol., fig. veau.
> Les dix volumes de l'ouvrage principal sont en grand papier, et le
> supplément en petit papier.

325 Musée des antiques, dessiné, gravé et terminé à l'eau-
forte, par Pierre Bouillon (avec des explications par
Blins de Saint-Victor). *Paris*, *Didot l'aîné*, 1808 ; 3 vol.
in-fol., fig. d.-rel.

326 Musée de peinture et de sculpture, ou Recueil des principaux tableaux, statues, etc., par Reveil, avec des notices
par Duchesne aîné. *Paris*, *Audot*, 1828 ; 6 vol. in-8,
d.-rel. mar. vert.

327 Galerie lithographiée de S. A. R. Mgr le duc d'Orléans,
publ. par Vatout et Quénot. 4 vol. in-fol., d.-rel.
v. vert.

328 Iconographie des contemporains, 1819 – 1820. *Paris*,
Delpech; 5 vol. gr. in-fol., d.-rel.

329 Les Galeries publiques de l'Europe, par J.-G.-D. Armen-
gaud. *Rome, Paris*, 1866 ; 4 parties en 3 livraisons,
in-fol., br.

330 Tableaux historiques des campagnes d'Italie, depuis
l'an IVe jusqu'à la bataille de Marengo. *Paris*, 1806;
gr. in-fol., fig. cart. fig de Dupléssis-Bertaux.

AUTOGRAPHES.

331 **ABD-EL-KADER** (l'Émir).

    1° L. a.t. sig. (en arabe). Demi-p. à mi-marge, in-8 (avec trad.).
    2° Lettre (en arabe) revêtue de son sceau. 1 p. in-4 (avec trad.).

332 **ACADÉMIE FRANÇAISE.** (*3 lettres autographes
signées.*)

— Morellet (André), né 1727, mort 1819.

    Demi-page in-4 (écrite *de la Bastille* en juillet 1760, pendant sa
courte détention dans cette prison d'Etat). *Jolie lettre* adressée au
gouverneur. Il le remercie de ses bontés, lui demande de pouvoir
aller à la messe les dimanches, etc., etc.

— Suard (Jean-Baptiste-Antoine), né 1734, mort 1817.

    1 *page in-8*, du 4 germinal an XI. Il répond à l'envoi qui lui a été
fait d'une *tragédie de Montmorency* et d'un *Discours sur le divorce :*
« . . . J'aime qu'on fasse les tragédies sur des sujets nationaux, et je
« ne crois pas que le divorce soit bon à grand'chose.... »

— Laharpe (Jean-François), né 1739, mort 1803.

    Demi-page in-4, du 15 mai 1793, adressée à M. Bertnstorf : «... Je
« suis chargé, par la personne à qui j'ai rendu les lettres qu'il m'a fait
« passer, de lui signifier le *non* le plus absolu et le plus irrévocable,
« il peut assurément partir quand il voudra.... »

    (*Les 3 portraits.*)

333 **ACADÉMIE FRANÇAISE.** (3 *lettres autographes
signées.*)

— Collin d'Harleville (Jean-François), né 1755, m. 1806.

    2 *pages in-4*, du 14 fructidor an I, *adressée à Fourcroy*, pour lui
recommander le jeune *Gaillard* (fils de l'auteur d'*OEdipe à Colone,
Iphigénie en Aulide* et autres opéras) : «... Je chéris cet enfant
« comme un neveu; je serais presque tenté de m'enorgueillir de ce
« petit écolier; car j'ai été aussi un peu son maître, pendant deux va-
« cances qu'il a passées avec ses parents dans mon humble Tibur... »

— Andrieux (François-Guillaume), né 1759, mort 1833.

    2 *pages in-4*, du 16 août 1832, au rédacteur du *Progressif*, pour

discuter le compte rendu d'une séance académique. Cette *lettre est fort
intéressante;* elle est *accompagnée de 7 pages in-4*, fragments d'une
des leçons d'Andrieux au Collège de France, traitant de ce qu'il faut
entendre par les mots *république* et *monarchie.*

— PICARD (Louis-Benoît), né 1769, mort 1829.

1 *page in-4*, du 15 mai 1818, adressée au comité du théâtre royal
de l'Opéra-Comique, dont il réclame le concours pour une représentation à donner à l'Opéra, au profit des *incendiés de l'Odéon :* « Cet in-
« cendie ne m'a pas atteint directement, mais il m'a mis dans le cas
« de plaider la cause des comédiens qui en ont été victimes... »

(*Les 3 portraits;* plus celui de Picard en double.)

334 ACADÉMIE FRANÇAISE. (4 *lettres autographes
signées.*)

— DARU (Pierre-Antoine-Bruno), né 1767, mort 1829.

1 *page et demie in-12*, du 27 mars 18.., *à M. Roger.* Il le remercie de la part qu'il prend à sa nomination à l'Académie française :
« ... Il devait nous arriver quelque chose d'heureux, car plusieurs de
« nos amis étaient sur la liste, et je suis content de voir que cette ho-
« norable rivalité ne change rien à la cordialité des convives.... »

— ROGER (François), né 1776, mort 1842.

2 *pages et demie in-4*, sans date, *à M. Delasalle*, préfet de la Haute-
Marne : « ... Nous avons trouvé en route plusieurs magistrats dont
« les départements sont aussi malheureux que le vôtre... De plus an-
« ciens préfets perdent la tête, quand vous conservez toute la vôtre,
« et vous triomphez sans peine et sans ostentation là où leur vieille
« expérience échoue... »

— VIENNET (Jean-Pons-Guillaume), né 1777.

3 *pages in-4*, du 16 juillet 1825. *Belle et curieuse lettre*, adressée
au directeur de la *Bibliographie des contemporains :* « ... Il est de
« *tradition, dans notre famille*, qu'elle remonte jusqu'à un des géné-
« raux *de Didier, roi des Lombards*, dont *Muratori* a parlé... mais...
« les qualités personnelles sont au-dessus de ces niaiseries généalo-
« giques.... »

— SCRIBE (Auguste-Eugène), né 1791, mort 1860.

1 *page et demie in-12*, de Saint-Mandé, le 9 avril 18.., *à Desau-
giers.* Il lui propose de remettre à l'hiver la représentation de sa pièce
de *l'Écarté.* Il en est de même pour celle qu'il a composée sur le même
sujet : « N'est-il pas de notre intérêt commun d'attendre le mois de
« décembre, par exemple, époque où les soirées et les réunions com-
« mencent à Paris?... »

(*Les 4 portraits.*)

335 ACADÉMIE FRANÇAISE. (3 *lettres autographes
signées.*)

— FONTANES (Louis de), né 1761, mort 1821.

1 *page et demie*, du 23 novembre 17.., *au libraire Prudhomme :*
« ... J'ai refusé des travaux beaucoup plus avantageux pour moi, afin

« de terminer le vôtre d'une manière qui me satisfasse un peu... *J'ai*
« *un besoin absolu de six cents livres*, dans ce moment ; faites-moi des
« billets de cent, cent cinquante et deux cents livres, à l'échéance la
« plus rapprochée.... Je serais fort embarrassé, sans cette facilité.... »

— RAYNOUARD (François-Just-Marie), né 1761, mort 1836.

3 pages in-4, du 16 nivôse an ... *Belle pièce*, qui représente Raynouard comme littérateur et comme jurisconsulte, sa carrière ayant
d'abord été dirigée vers la profession d'avocat.

Ensemble, *un billet* adressé *à Félix Nogaret*, le 20 octobre *1824*,
pour le remercier de l'envoi qu'il lui a fait d'une pièce de vers adressée
au Roi (*1 page in-8*).

— LEMONTEY (Pierre-Édouard), né 1762, mort 1826.

Demi-page in-8, du 19 janvier *1822, à M. Boilly, peintre,* au sujet
de son portrait, dont l'inscription porte deux erreurs dans l'orthographe de son nom et dans l'époque de la naissance.

(Les 3 portraits.)

336 ACADÉMIE FRANÇAISE (membres de l'), 7 lett.
a. s.

DACIER. Paris, 9 janvier *1807*. 1 p. in-4. — DARU. *1824*. 1 p. in-4.
— DROZ, à Charles Nodier. 4 février *1828*. 1 p. in-4. — DUPIN aîné.
1844. 1 p. in-4. — FÉLETZ. 1 p. in-12. — FEUTRIER, évêque de Beau-
vais. *1826*. 1 p. in-4. — FONTANES. *1811*. 1 p. in-4. Curieuse.

337 ACADÉMIE FRANÇAISE. *Institut.*

ANCELOT. *1824*. 2 p. in-8. — BRIFAUT. Deux lett. 2 p. et demie
in-18. — FÉLETZ. 1 p. in-8. — LACRETELLE (Ch.). 1 p. in-8. — LA-
CRETELLE (H.). *1838*. 1 p. in-8. — PICARD. *1785*. 1 p. in-8. —
RAOUL-ROCHETTE. Deux lett. 2 p. in-8. — RAYNOUARD. *1817*. 1 p.
in-4. — ROGER. *1821*. 1 p. in-4. — SACY (Silvestre de). *1837*. 1 p.
in-8. — SAINT-AULAIRE, demi-p. in-8. — SAULCY. Trois lett. Metz,
1835. 7 p. in-8. — SUARD. L. aut. sig. *1816*. 1 p. in-4, et L. sig.
1814, 2 p. in-4. — VIGNY (Alfred de). *1836*. 1 p. in-8. — VILLE-
MAIN. L. aut. sig. 1 p. et demie in-8, et note aut. 1 p. in-4. —
VITET. *1834*. 1 p. et demie in-4, et une p. in-8. — Ensemble, 22 lett.
aut. sig. et une lett. sig.

338 ACADÉMIE FRANÇAISE. Sept lettres.

AIGNAN (Et.). 1° L. aut. sig. 1 p. in-4. 2° L. sig. *Ségur,* et écrite
par Aignan. *1806*. 1 p. in-4. Deux curieuses lettres relatives à des
questions d'étiquette. — ANDRIEUX. L. aut. sig. 2 p. trois quarts in-4.
Relative à Boileau. — CAILHAVA. L. sig., avec 8 petites lig. aut., à son
collègue Villar. An XI. 1 p. in-4. — DOUCET (Cam.). L. aut. sig.
Demi-p. in-8. — HUGO (Victor). L. aut. sig. au rédacteur de la *Quo-
tidienne*. *1824*. 2 p. trois quarts in-8. Curieuse. — PICARD. L. sig.
an XIII. 1 p. in-4.

339 ACADÉMIE FRANÇAISE (membres de l') 8 lett.
a. s.

ANCELOT. 1 p. in-8. — ANDRIEUX. *1830*. 1 p. in-4. — DUPIN aîné.
1829. 2 p. in-4. — LAMARTINE. L. aut. sig. (à la troisième personne).
1838. 1 p. in-8. — LEGOUVÉ (Ernest). 2 p. in-8. — MÉRIMÉE (Pros-

per). 1839. 1 p. et quart in-4. — MONTALEMBERT. 2 p. et demie in-8.
NISARD (Désiré). 1848. 1 p. in-8.

340 ACADÉMIE FRANÇAISE. (6 *lettres autographes signées.*)

— SOUMET (Alexandre), né 1788, mort 1845. Portrait.

1 p. in-8 à M. Auger, secrétaire perpétuel de l'Académie, pour
s'excuser de ne pouvoir faire une lecture : « . . . le public s'en conso-
« lera aisément, s'il a le plaisir d'entendre pendant la séance quel-
« qu'un de ces discours si spirituels, où votre prose fait oublier le
« charme des plus beaux vers.... »

— RÉMUSAT (Charles-Marie-François de), né 1797.

1 page et demie in-4, sans date, à un de ses confrères, pour recommander une personne qui sollicite une bourse.

— PATIN (Henri), né 1793.

2 pages in-8, 10 janvier 1841. Il informe un membre de l'Académie française qu'il compte se présenter *pour remplacer Alexandre
Duval.*

— NISARD (Désiré), né 1806.

1 page in-8, 13 juillet 1844, relative à l'impression d'un de ses
ouvrages. Il demande que les corrections soient lisiblement écrites, etc.

— DUPANLOUP (Félix-Antoine-Philibert), né 1802.

1 page in-4, 18 mars 1844, *au chancelier Pasquier.* Il lui adresse
une nouvelle publication, à laquelle il s'est décidé, pour la *défense des
petits séminaires.*

— BERRYER (Pierre-Antoine), né 1791.

1 page in-8, s. d., *au docteur Pariset,* pour l'informer qu'il ne peut
mieux recommander M. Luzurriaga qu'en le chargeant d'une lettre
pour M. de Marolles, à Bourges. Puis il lui adresse des reproches
obligeants : « . . . fi ! vilain homme ! ne devons-nous pas chercher à
« nous joindre, ne fût-ce que pour parler des vieux amis que nous
« avons perdus ?... »

341 ACADÉMIE FRANÇAISE. (2 *lettres autographes signées.*)

— VILLEMAIN (Abel-François), né 1791.

4 pages in-8, du 29 août 18.., adressées à M. *Auger, secrétaire
perpétuel de l'Académie française. Jolie lettre :* « . . . Je me promène
« bien plus que je ne lis; mais j'ai eu des yeux cependant pour lire et
« parfois relire ces pages instructives et piquantes. Elles ne méritaient
« pas de rester perdues dans les journaux. Ce que vous dites sur la
« langue italienne, sur *Bossuet, Fénelon, Massillon,* les prédicateurs
« protestants, m'a paru excellent... »

— COUSIN (Victor), né 1792.

2 pages in-4, sans date. *Belle lettre,* pour faire hommage *à l'Académie des Inscriptions* du premier volume de son édition des *manus-
crits de Proclus,* philosophe alexandrin. Il développe ensuite son opi-

nion sur les travaux trop rares entrepris en France, et cite avec éloge
ceux de *M. de Burigny* et de *l'illustre Sainte-Croix* : « ... La convic-
« tion profonde que je ne remplacerai pas M. de Sainte-Croix ne m'a
« pas paru un motif suffisant pour abandonner ses vues et ses utiles
« projets... «

Joint une *Notice imprimée sur Villemain.*

(Les 2 portraits doubles.)

342 ACADÉMIE DES SCIENCES. (3 *lettres autographes signées.)*

— BEZOUT (Étienne), né 1730, mort 1783.

Belle pièce de 4 pages in-fol., du 19 août 1783. Rapport sur le *Résultat de l'examen des gardes du pavillon de la marine.* « ... Je n'ai
« garde de vouloir donner des projets : je m'abstiens d'indiquer des
« moyens ; mais près de vingt années d'observation sur les besoins que
« la marine peut avoir... m'ont fait juger qu'il était de mon devoir de
« mettre sous les yeux de Monseigneur les réflexions ci-dessus... »

— MONGE (Gaspard), né 1747, mort 1818.

1 *page et demie in-4*, 11 ventôse an X, *à M. Arnault.* Il le prie
d'éviter aux frères Piranesi un changement de local, pour leur épar-
gner des frais considérables... « qui les gêneraient dans le commence-
« ment de leur établissement, et pourraient peut-être le faire tom-
« ber.... »

— LEGENDRE (Adrien-Marie), né 1752, mort 1833.

2 *pages in-4*, du 20 pluviôse an XIII, au conseiller d'État Fleurieu,
intendant de la liste civile. Il sollicite un logement aux galeries du
Louvre.... « Le meilleur de tous les titres est sans doute la bienveil-
« lance de l'empereur.... Comme j'ai usé discrètement de cette bien-
« veillance, et que je n'ai jamais adressé aucune demande à Sa Majesté,
« j'ai lieu de croire, Monsieur, que, si vous voulez bien me proposer
« pour le premier logement qui viendra à vaquer, Elle ne se refusera
« pas à me l'accorder.... »

343 ACADÉMIE DES SCIENCES. (2 *lettres autographes signées.)*

— LAGRANGE (Joseph-Louis), né 1736, mort 1813. 2 portraits.

1 *page in-4*, de Paris, le 20 février 1811, adressée au duc de Fel-
tre, ministre de la guerre. « J'ai reçu le *Mémoire sur la projection des
« cartes*, dont Votre Excellence a bien voulu me gratifier. L'impor-
« tance de la matière, la manière profonde dont elle est traitée, et les
« tables qui accompagnent cet ouvrage, ajoutent un nouveau prix au
« présent dont Elle vient de m'honorer.... »

— LAPLACE (Pierre-Simon), né 1749, mort 1827. 2 portraits.

Demi-page in-4, du 18 floréal an VIII, à Madame... « Daignez
« agréer ce faible hommage de ma reconnaissance pour le bel ouvrage
« que vous m'avez envoyé et pour le plaisir que m'a causé sa lec-
« ture.... »

344 ACADÉMIE DES INSCRIPTIONS. (4 *lettres autographes non signées.*)

— Dupuis (Charles-François), né 1742, mort 1819.

> 1 *page in 4*, du 4 messidor an VI, à M. . . . « Je crois devoir vous
> « avertir que le droit de passe est indignement fraudé à *Bourg-Egalité*...
> « Cependant, ce n'est pas comme délateur du fisc que je m'adresse à
> « vous, mais parce que mes propriétés sont endommagées par ceux qui
> « veulent frauder.... »

— Delisle de Sales (Jean-Baptiste-Claude Isoard), né 1743, mort 1816.

> 2 *pages in-4*, du . . . ., adressées à *Voltaire*. « C'est du fond d'une
> « prison que vous écrit un homme qui croyait respirer à l'abri des vic-
> « toires que vous avez remportées sur le fanatisme.... je ne sais ce que
> « ceci deviendra.... mais du moins on saura que le plus grand homme
> « de l'Europe a gémi sur mon sort, m'a honoré de sa bienveillance... »

— Auger (Athanase, abbé), né 1734, mort 1792.

> 1 *page in-4*, du 3 novembre 1788. *Jolie lettre adressée à Marmon-
> tel*, dont il réclame l'appui pour la place vacante à l'Académie fran-
> çaise, par suite du décès du comte *de Chatellux*. (Cachet.)

— Dupont de Nemours (Pierre-Samuel), né 1739, mort 1817.

> 1 *page et demie in-4, impromptu en vers fait à l'âge de 80 ans*, à
> un colin-maillard *chez Mme de Rumfort*. Ensemble,*un billet autographe
> signé*, du 23 juin 1780, de 1 page in-8, pour prier de remettre une
> lettre.

345 ACADÉMIE DES SCIENCES MORALES. (2 *lettres autographes signées.*)

— Naigeon (Jacques-André) né 1708, mort 1810.

> 1 *page in-4. Jolie lettre*, sans date, relative à la demande d'un loge-
> ment qu'il a faite *au Directoire exécutif :* « ...Je vous prie d'observer
> « que la vieillesse me talonne... qu'il reste à la Parque bien peu de
> « quoi filer, et que, si vous tardez beaucoup à me donner un asile où
> « le fils de l'homme puisse reposer sa tête, il pourra bien arriver que
> « j'obtiendrai un logement lorsque je ne serai plus qu'un peu de
> « poussière... »

— Volney (Constantin-François Chasseboeuf, comte de), né 1757, mort 1820. Portrait.

> 1 *page in-4*, sans date, adressée à *M. Bosc*. Discussion *intéressée*
> sur des plants de fraisiers, d'artichauts, etc. : « ...Comment s'imagi-
> « ner que l'on demande 100 fr. de ce qui se trouve à 10, et au plus à
> « 15 fr.?... L'on a le droit, me direz-vous, de vendre sa denrée au prix
> « que l'on veut... à la bonne heure; mais on a le droit, aussi, de ne
> « pas acheter... Pour vendre et acheter, il faut être d'accord... »

— Tracy (Antoine-Pierre-Auguste Destutt, comte de), né 1754, mort 1836.

> *Demi-page in-8*, du 12 décembre 1813. Il transmet à *Mme Gattemain*
> des nouvelles de son fils, qui est prisonnier à *Kasan ;* le sien l'est à
> *Pétersbourg.*

346 ACADÉMIE DES SCIENCES. (6 *lettres autographes signées.*)

— DARCET (Jean), né 1725, mort 1801.

> 1 *page in-12*, du 11 germinal an V, *à M. Gillet de Laumond.* Il envoie ce qu'il lui a demandé. « ... Le rapport du mémoire sur l'*exploi-* « *tation des mines* sera bientôt terminé... c'est une chose que je regarde « d'un grand intérêt d'imprimer.... »

— DEYEUX (Nicolas), né 1745, mort 18...

> 1 *page in-4*, 31 octobre 1834. Il remercie des arrangements arrêtés par le Conseil de l'Université, en ce qui le concerne, et demande que les honoraires de l'agrégé qui le remplacera soient payés, ainsi que ses émoluments à lui, par le trésorier de l'école.

— FOURCROY (Antoine-François de), né 1755, mort 1809.

> 1 *page in-4*, du 9 fructidor an XI, *au sénateur Lucien Bonaparte.* Il l'informe qu'il ne peut rien changer à la destination d'un élève, nommé au lycée de Lyon, cette destination ayant été déterminée par un arrêté du Premier Consul.

— VAUQUELIN (Nicolas-Louis), né 1763, mort 1829.

> 1 *page in-4*, du 20 avril 1816, à M. ..., *à la fabrique de produits chimiques*, pour réclamer le payement des fermages échus depuis longtemps.

— THENARD (Louis-Jacques), né 1777, mort 1856.

> 1 *page in-4*, du 28 novembre 18... Il s'excuse sur une indisposition de ne pouvoir siéger comme juge dans une affaire.

— DARCET FILS (Jean-Pierre-Joseph), né 1777, mort 1844.

> 2 *pages in-4*, 24 août 1834. Il se plaint d'un article inséré dans l'*Echo du monde savant*, relativement à la *gélatine* : « ... si les oppo- « sants n'interprétaient pas contre moi le silence de la Commission, je « ne vous aurais jamais écrit... »

> (*Les 6 portraits.*)

347 AFFRE, archevêque de Paris, né 1793, mort victime de son dévouement pendant l'insurrection de juin 1848.

> L. aut. sig., à M. le marquis... Paris, 23 février 1840. 2 p. pl. in-4. Intéressante.

348 AGUESSEAU (H.-F. d'), illustre chancelier de France.

> L. a. s. au maréchal d'Estrées, commandant en Bretagne. Versailles, 11 nov. 1730. 2 p. un quart in-4.
> Relative au don gratuit demandé par le roi aux Etats de Bretagne.

349 ALEMBERT (Jean le Rond d'), de l'Académie française et de celle des sciences, né en 1717, mort en 1783. (*Lettre autographe signée.*)

> 3 *pages in-4*, du 30 décembre 1776, au comte de Bergames, ministre des affaires étrangères : « ... M. l'abbé Mercier (de Saint-Lé-

« ger) se propose de vous présenter un recueil précieux de lettres ori-
« ginales de M. Desnoyers, secrétaire des commandements de Marie de
« Gonzague, reine de Pologne. Il destine ce recueil en 3 volumes in-4
« au dépôt des affaires étrangères.... J'ai cru, Monseigneur, pouvoir
« me charger de vous faire connaître un homme de mérite.... »

Joint un *billet autographe*, sans date, adressé *au chevalier de Cu-
bières*. (*Deux portraits*.)

350 ANDRIEUX, membre de l'Académie française.

L. aut. sig., comme secrétaire perpétuel, à M. Campenon. Paris,
23 mai 1830. 1 p. et demie in-8.

Après lui avoir demandé des nouvelles de sa femme et de son enfant
malade, il ajoute : « Mon cher ami, dans notre Académie, c'est à qui
« ne fera pas. Cette pauvre Académie est une vieille femme qu'on a
« peut-être grande envie d'épouser, mais à condition de s'exempter du
« devoir conjugal. C'est à qui ne lui fera rien. Le secrétaire perpétuel
« ne peut pourtant pas payer pour tous... »

351 ANQUETIL (Louis-Pierre), de l'Académie des Inscriptions, né en 1723, mort en 1808. Portrait.

— ANQUETIL-DUPERRON (Abraham-Hyacinthe), *son frère*,
aussi de l'Académie des inscriptions, né en 1731, mort
en 1805. Portrait. (2 *lettres autographes signées*.)

La lettre, de *Louis-Pierre*, est adressée au conseiller d'Etat *Fourcroy*,
dont elle porte en tête 4 *lignes autographes avec son initiale F*. C'est
la demande d'une place au lycée d'Orléans pour un petit-neveu d'Anquetil.

Celle d'*Abraham-Hyacinthe* est une *fort belle pièce*, de 3 *pages
in-4*, adressée à *M. de Vergennes*, le 21 décembre 1782, et traitant
des véritables intérêts de la France dans l'Inde : «... L'encens que
« mon cœur exhale est pur; il brûle au feu de l'honneur et de l'huma-
« nité. Toutes les invasions des Anglais ont eu pour principe dans
« l'Inde *une violence brutale*... Tout vous invite à mettre sous la protec-
« tion du Roi des peuples qui nous aimaient et qui nous aiment en-
« core... *C'est au monarque qui soutient seul la liberté de l'Amérique à
« briser les fers de l'Inde*... »

Joint le *fac-simile* d'une lettre autographe signée d'Anquetil-Duperron.

352 ARAGO.

L. aut. sig., 10 fév. 1843, 1 p. in-4.

353 ARNAULD, avocat, célèbre par son plaidoyer contre
les jésuites, né en 1560, mort en 1619.

Consultation sig., signée aussi par N. Pigault, pour les deniers
publics qui se lèvent sur la ville et paroisse de Saint-Père. Délibérée à
Paris, le 12 mars 1619 (année de sa mort), 1 gr. p. in-fol. Quelques
mouillures.

354 ARNAULD (Antoine), frère du précédent, docteur
de Sorbonne, dit le *Grand*, célèbre par ses disputes
sur la grâce, né en 1612, mort en 1694.

L. aut. sig., à M. Manvillette, abbé de Valcris. 14 janvier... 2 gr.
p. in-4. (Le second feuillet a été doublé.)

Lettre très-intéressante sur les bénéfices ecclésiastiques, et comment ils doivent être administrés et possédés suivant l'esprit de Jésus-Christ. Il ne peut approuver la résignation qu'il vient de faire de son prieuré en faveur d'un enfant de treize ans... Cela est contraire aux vœux des donateurs des biens ecclésiastiques...

355 ARNAULD (Catherine-*Marion*), femme du précédent, mère de vingt-deux enfants, et morte religieuse à Port-Royal ; elle avait pris l'habit des mains de la mère Angélique, sa fille.

Quittance aut. sig. comme veuve de noble homme Antoine Arnauld vivant seigneur d'Andilly, conseiller de la ville de Paris et avocat au Parlement, tant en son nom que comme tutrice de ses enfants, de la somme de huit cents livres, reçue comptant de madame la duchesse de Bouillon... pour une année de rente à elle due par feu M. de Bouillon... 27 août 1623. 1 gr. p. in-fol.

356 AROUET, père de Voltaire, receveur des épices de la Chambre des comptes.

Quitt. (sur parch.), avec trois lignes et demie aut., deux fois sig. Paris, 8 avril 1705.

357 AUBERT (l'abbé), fabuliste, né en 1731, mort en 1814.

L. aut. sig., à M... Paris, 14 frimaire an X. 2 gr. p. pl. in-8.

Au sujet d'une fable qu'il a lue à la séance publique du Collège de France, dans laquelle il rend hommage au premier consul Bonaparte.

358 AVOCATS. (6 *lettres autographes signées.*)

— VATIMESNIL (Lefebvre de), né en 1789.

1 page in-8, 6 juillet 1830, au *chevalier Dupont*. «... Vous me ren-
» dez justice en disant *que je suis ami sincère du roi...* » (*Portrait.*)

— BERVILLE (Saint-Albin), né en 1792.

2 pages et demie in-4, septembre 1824. Il donne la note des différents ouvrages qu'il a publiés dans son jeune temps, tels que : *les Adieux d'un Poète* et *le Bonheur de l'Étude*, en vers ; puis en prose : *l'Éloge de Delille*, celui *de Rollin*, etc., etc. (*Portrait.*)

— BARROT (Odilon), né en 1790.

1 page in-8, du 13 mars 1833, à M. Peligot, ancien administrateur des hospices. *Il ne se rappelle pas* la nature des fonctions qu'il lui avait confiées. *Il croit cependant* que c'était une inspection, et non une comptabilité. (*Portrait.*)

— ISAMBERT (François-André), né en 1792, mort en 1857.

1 page in-4, du 21 août 1824, relative à diverses affaires de procédure, en pourvoi devant la cour de cassation. (*Portrait.*)

— HENNEQUIN (Antoine-Louis-Marie), né en 1786, mort en 1840.

1 page in-4, du 16 juillet 1831. Il envoie un mémoire à consulter et demande une conférence avec M. Pardessus. (*Portrait.*)

— COFFINIÈRES (Antoine), né en 1786.

2 pages in-4, du 10 avril 1828. Il envoie un exemplaire de son der-

nier ouvrage, dont il désirerait qu'il fût parlé dans le *Moniteur* avec la même bienveillance que de son *Analyse des Novelles de Justinien.*

359 BARBIER (Alexandre), bibliothécaire de Napoléon Ier, auteur du *Dictionnaire des ouvrages anonymes et pseu-donymes*, etc., né à Coulomniers en 1765, mort en 1825.

1° L. aut. sig., à M. Lablée. Paris, 27 nivôse an XIII. 1 p. in-4.

2° *Le Vrai Dieu*, ode attribuée à Voltaire. Copie aut. de M. Bar-bier. 4 gr. p. pl. et demie in-fol.

3° Imitation de l'ode du R. Père Le Jay, sur sainte Geneviève (en vers). Imprimé de 7 p. in-4. Il y a à la fin : FRANÇOIS AROUET, étu-diant en rhétorique et pensionnaire au collége de Louis le Grand.

360 BARNAVE (Ant.-P.-J^h-Marie), illustre constituant, né à Grenoble, décapité en 1793.

1° L. aut. sig., 3/4 de p. in-8. *Rare.* — 2° *Pensées diverses, sépara-tion des ordres*, pièce aut., 6 p. in-fol. Intéressante.

361 BARTHÉLEMY (Jean-Jacques), abbé, membre de l'Académie française et de celle des inscriptions, garde du Cabinet des médailles de la Bibliothèque royale, né en 1716, mort en 1795. 2 portraits.

— BARTHÉLEMY-COURÇAY (André), *son neveu*, comme lui garde du Cabinet des médailles de la Bibliothèque, né en 17.., mort en 1800. (2 *lettres autographes signées.*)

La *lettre de l'abbé Barthélemy*, datée du 8 avril 1762, est adressée à *M. de la Condamine.* « Vous trouverez, Monsieur, la note que vous me faites l'honneur de me demander à la fin de ma *Dissertation sur les monuments de l'ancienne Rome...* Je trouve vos remarques très-justes, mais je me suis contenté de citer des faits... »

Celle de son neveu, datée du 8 frimaire an IV, est une réponse au ministre des affaires extérieures, qui lui demande un employé sa-chant le grec moderne.

Joint le *fac-simile* d'une lettre de l'abbé Barthélemy.

362 BASTILLE (Vainqueurs de la). 2 pièces.

1° Brevet de vainqueur de la Bastille délivré à Fournier l'aîné, de la Haute-Loire, dit *Fournier l'Américain*, signé *Charles Lameth, Cholat, Nicolas, Pannetier et Fournier;* 1789, pièce sur vélin avec attributs gravés, 2 cachets, dont un servant à fixer un ruban tricolore. — 2° Bre-vet de la médaille en or délivrée à Ducerf, garde-française, signé *La-fayette;* 10 sept. 1789, 1 p. in-fol., vignette.

364 BAUSSET (L.-F., card. de), historien de Fénelon et de Bossuet, de l'Académie française.

L. aut. s. à Barbé-Marbois; Maffliers, 9 août, 2 p. 3/4 in-4.

Epître intéressante, relative à l'érection de la statue de Henri IV, et à un écrit de Chateaubriaud, qu'il maltraite fort.

— CHEVERUS (J.-L. LEFEBVRE de), cardinal-archevêque de Bordeaux.

L. aut. s. à M. Delavau; Paris, 23 avril 1820, 1 p. in-4, cachet.

Très-jolie lettre, remplie de beaux et nobles sentiments.

365 BEAUMONT (Gustave de), député, membre de l'Institut.

L. aut. sig., à M... Paris, 24 février 1843. 3 p. in-8.

Il veut le féliciter du beau monument qu'il a résolu d'élever à la pauvre Irlande. Peindre ses misères sociales et placer en regard ses richesses naturelles sont deux choses qui lui vont très-bien ensemble. En même temps qu'il rappellera le malheur, les catastrophes, les ruines faites dans cette contrée, il en offrira à l'œil le tableau ; en même temps qu'il racontera une lamentable histoire, il peindra une nature féconde en sites pittoresques... « Quel meilleur moyen d'exciter l'in-
« térêt public en faveur de l'Irlande que de montrer comment tout y a
« été créé grand et magnifique par la main de Dieu, comment tout le
« le mal y est l'œuvre de l'habileté humaine ; et comment, en dépit de
« siècles de persécutions religieuses et de guerres civiles, les plus
« cruelles peut-être qui aient été données en spectacle au monde,
« le sol de l'Irlande étale toujours ses délicieuses vallées, ses lacs en-
« cadrés de verdure, ses riantes montagnes, ses plaines couvertes de
« riches moissons. Terre féconde, prodigue de ses trésors, sur laquelle
« l'homme meurt de faim !... »

366 BELLES-LETTRES, etc. (*7 lettres autogr. signées.*)

AMEILHON (Hubert-Pascal). 1767. 1 p. in-8. — AMPÈRE (Jean-Jacques). 1849. 3 p. in-4. Cachet. ANCELOT, poëte. 1824. 1 p. pl. in-8. — ANDRIEUX. 1830. 1 p. in-8. *Portr.* — ANICET BOURGEOIS. Demi-p. in-8. — ARLINCOURT (le vicomte d'). 1833. 1 p. in-8. — AVRIGNY (Lœuillard d'). 1821. 2 p. et demie in-8.

367 BELLES-LETTRES, etc. (*7 lettres autogr. signées.*)

SALM (la princesse de). 1829. 2 p. in-8. — SOUMET (Alex.). 1 p. et demie in-8. — VALMORE (Marceline). 1841. 1 p. in-8. — VIENNET. 1812. 1 p. et demie in-4. — VIGÉE. 1812. 2 p. in-8. — VILLEMAIN. 1 p. in-8. *Portr.* — VOLNEY. An XII. 1 p. in-8 en travers. *Portr.*

368 BENJAMIN CONSTANT, — EUGÈNE SUE, — LE COMTE FOY, — DUPONT DE L'EURE.

Cinq lettres autographes signées, adressées au docteur Martin.

369 BÉRANGER (Pierre-Jean de), né 1780, mort 1857.

L. aut. sig., à Jacques Laffitte. 13 avril 1829. 3 p. pl. in-8.

Détails très-intéressants au sujet d'une lettre de Manuel qu'il lui envoie pour s'éviter la peine d'entrer dans des détails avec lui... Service qu'il lui demande pour se soutenir auprès de son associé... Un académicien s'est adressé à lui pour le prier de lui faire prêter par lui 1500 fr. payables en deux ans. C'est Baour-Lormian, qui, presque aveugle, a besoin d'un secrétaire pour finir ses œuvres complètes... « Je ne
« prends pas la liberté de vous le recommander, tout en désirant
« que vous vous laissiez attendrir par ce *pauvre aveugle*, traducteur
« d'Ossian et du Tasse, et auteur d'une foule de beaux vers... » Souscription pour Rouget de Lisle, etc.

369 bis. BÉRANGER (P.-J. de). *Le même.*

L. aut. sign., à M. Chassedoux aîné. Prison de la Force, le 11 mai 1829. 1 p. pl. in-8. *Portr.*

Il a reçu les douze exemplaires de son poëme... Il a lu avec un vrai plaisir son attaque contre MM. du génie, et elle lui a prouvé qu'il n'avait pas moins de bon esprit que d'esprit, ce qui, chez nous, ne va pas toujours ensemble...

370 BÉRANGER (P.-J. de). *Le même.*

L. aut. sig., à M..., 7 juillet. 2 p. in-8.
... Il lui offre d'avance place à la modeste table d'un ermite, et lui indique ses heures de promenade.

371. BÉRANGER (P.-J. de).

2 *pages in-4. Jolie lettre*, datée du 2 mai 1831, pour réclamer l'intervention de *l'ambassadeur de France en Belgique* : «... en faveur
« d'un menuisier qui n'est pas *maître Adam*, mais qui, comme lui,
« fait des chansons, et qui court risque de la vie si on le laisse traduire
« devant je ne sais quel tribunal militaire de campagne, pour je ne sais
« quel délit ou crime politique dans lequel il ne saurait avoir été que
« dupe... »

— DEBRAUX (Paul-Émile), né en 1798, mort en 1831.

1 *page in-4*, du 26 novembre 1825. Vers adressés à *M. Ourry*, pour le remercier d'avoir inséré quelques-unes de ses chansons dans son *Caveau moderne.*
(C'est pour la vente des OEuvres de Debraux, que Béranger a composé la chanson commençant par ce vers :
Le pauvre Emile a passé comme une ombre...)

(*Les 2 portraits.*)

372 BERNOULLI (Daniel), célèbre mathématicien et physicien, membre de l'Académie des sciences.

L. aut. sig. à Bouguer, de l'Acad. des Sciences; Bâle, 11 nov. 1754, 3 p. pl. in-4, cachet.
Lettre toute scientifique. Il supplie Bouguer de mettre fin à sa dispute avec la Condamine. « M. de la Condamine, dit-il, a trop de mérite pour ne pas rendre justice au vôtre. » — Il lui parle ensuite de ses observations sur le thermomètre. « Nous avons déterminé, M. Euler et moi, les balancements des corps flottants quelconques; c'était un problème assez difficile.

373 BERTHOLLET (Cl.-Louis, comte), célèbre chimiste, de l'Académie des sciences.

L. aut. sign. aux membres de l'agence monétaire; 16 frim. an III, 1 p. 3/4 in-4.

374. BERTHOLET.

L. aut. sig., an XIV, 1 p. in-4.

375 BERZÉLIUS (Jacques), célèbre chimiste suédois.

L. aut. sig. (en allemand), à Uzhlgeboren, à Jena. Stockholm, 26 avril 1830. 1 p. pl. in-4.

376 BERZÉLIUS (J.-Jacob), célèbre chimiste suédois.

L. aut. sig., en français, à M. Brogniard; Stockholm, 26 avril 1842, 2 p. in-4 Très-jolie lettre.

377 BEZOUT (Étienne), mathématicien, de l'Académie des sciences, né en 1730, mort en 1783. (*Lettre autographe signée.*)

A M. Lévêque, professeur d'hydrographie. Paris, 25 août 1782. 2 p. in-4.

Il l'informe qu'il n'a pu s'occuper utilement de sa demande, dans les deux voyages qu'il a faits à Versailles ; il part pour la campagne et ne reviendra à Paris qu'en novembre. « Vous avez eu des voix pour une place de correspondant (à l'Acad. des sciences); vous n'avez pas néanmoins encore réussi. » Il attribue cet échec au petit nombre de places vacantes, et au grand nombre de concurrents.

378 BIXIO (A.), ministre en 1848 et représentant.

1° 2 l. aut. sign. à M. Vattemare ; Paris, 1858, 2 p. in-8. — 2° 6 let. écrites en son nom.

379 BOILEAU-DESPRÉAUX (Nicolas), né en 1636, mort en 1711. (*Lettre autographe signée.*)

1 *page in-4*, datée de Paris, le 10 juillet 1704. Il remercie son trescher et très-exact neveu de l'envoi d'une ordonnance sur le trésor royal ; mais il *n'y a point d'argent au trésor :* «... Si cela dure, je vois « bien qu'au lieu de louis d'or, je vais amasser dans mon coffre « quantité de beaux modèles de lettres financières et qui pourront « estre de quelque utilité à ceux à qui je voudrai les prester pour les « copier; voilà *les fruits de la guerre...* » (*Portrait.*)

380 BONAPARTE (Napoléon), général et premier consul.

1° Ces mots aut. sig. au bas d'un état du payeur de l'armée d'Egypte : *le payeur recevra lesdites sommes. Bonaparte.* 2 p. in-fol. — 2° Apostille sig. *Bonaparte*, en marge d'une lettre aut. sig. du général Ruty; an X, 1 p. in-4.

381 BONAPARTE, comme premier consul.

Apostille sig. en marge d'une lettre du général (plus tard maréchal) Macdonald à lui adressée. Paris, 1er prairial an X. 1 p. in-fol. *Portr.* de Macdonald.

Au sujet du poëte Parny que Beurnonville et Macdonald recommandent au premier consul, et que celui-ci à son tour renvoie au citoyen Rœderer comme candidat à l'une des trois places d'inspecteurs de l'instruction publique.

BONAPARTE (Joseph). L. sig. Paris, 20 pluviôse. 1 p. in-4. *Portr.*

382 BONAPARTE.

3 lignes aut., sig. *Buonaparte*, au bas d'une pièce aut. sig. du général *Peyron*, 1 p. in-4 oblong.

Demande d'une sous-lieutenance pour un citoyen qui s'est bien conduit à la journée du 13 vendémiaire.

383 BONAPARTE (Lucien), prince de Canino, second frère de Napoléon.

L. aut. sig. *L.-B. de Canino*, à son frère Louis, comte de Saint-Leu, à Florence. Londres, 25 mai 1838, 1 gr. p. pl. in-4. Cachet. Très-belle lettre.

Au sujet de retards inexpliqués dans la réception réciproque de leurs lettres... « Enfin, cela tient probablement aux caprices souverains « de la police. Ce n'est que dans cette heureuse Angleterre qu'il n'y a « pas de cabinet noir. »

384 CABANIS (Pierre-Jean-Georges), médecin, professeur, membre de l'Institut, du conseil des Cinq-Cents, du Sénat, etc., etc., né en 1757, mort en 1808. (2 *lettres autographes signées.*

La première, de 1 *page in-4*, adressée d'*Auteuil*, le 11 germinal an XIII, à *la fille du poëte Roucher* : «... Oui, Madame, le souvenir de « M. votre père me sera toujours cher! Ses grands talents, ses mal- « heurs, l'amitié dont il m'avait honoré autrefois, me feront toujours « prendre un vif intérêt à tout ce qui lui a appartenu, et je n'oublierai « jamais les années de votre enfance, où j'ai eu l'avantage d'observer « les premières lueurs de cet esprit si distingué que vous avez déployé « depuis. Votre suffrage, Madame, et celui de vos amis, est une digne « récompense des *travaux entrepris pour éclairer les hommes...* »

La deuxième, de 1 *page in-8*, est adressée au *directeur Sieyès*, pour lui recommander le médecin *Desgenettes*. (*Portr.*)

385 CABANIS (P.-J.-Georges), médecin et philosophe, un des chefs des *Idéologues.*

L. aut. sig. au cit. Laya ; Auteuil, 27 fruct. an X, 1 p. 1/2 in-4.

Très-jolie lettre de remerciments des excellents articles qu'il a faits sur son ouvrage (*Rapports du physique et du moral de l'homme*). « Si vous m'aviez moins loué, je pourrais vous exprimer plus librement combien le suffrage et l'estime d'un homme tel que vous me sont pré- cieux... »

386 CABANIS (P.-J.-Georges), célèbre médecin et philo- sophe, de l'Institut.

L. aut. s. au citoyen Frochot; Auteuil, 8 messidor an VIII, 1 p. 1/2 in-8. Jolie lettre.

387 CAMBRONNE (P.-Jac.-Étienne), brave général de l'Empire, le héros du dernier épisode de Waterloo.

L. aut. s., 1 p. in-4.

388 CANDOLLE (A.-P. de), célèbre botaniste, auteur de la *Flore française.*

L. aut. s. avril 1806, 1 p. in-8.

389 CARNOT (Lazare), l'illustre organisateur des armées de la République.

L. aut. s., comme membre du Directoire, au ministre de la guerre ; 6 frimaire an IV, demi-p. in-4.

390 CATINAT (Nicolas), illustre maréchal de France.

L. s. à M. de Feuquière, terminée par 3/4 de p. aut. ; Suze, 15 janv. 1691, 4 p. in-4.

Belle pièce, relative à la campagne de Piémont, si glorieuse pour Ca- tinat.

391 CATINAT, maréchal de France.

L. sig. du camp de Brillaut, 9 juillet 1690, 1 p. in-fol.

392 CAVAIGNAC (Eugène), général, chef du pouvoir exécutif en 1848.

L. aut. sig. au général Auger; Alger, 9 mai 1848, 1 page in-8,
tête impr.

393 CÉLÉBRITÉS DIVERSES (6 *lettres autographes
signées*.)

— APPERT (Benjamin-Nicolas-Marie), né en 1797.

1 *page in-4*, de Neuilly, le 14 mai 1841, adressée *au chancelier*,
pour lui faire hommage d'un écrit sur la nécessité de former *des colonies agricoles* et industrielles pour les *condamnés libérés*.

— DAGUERRE (Louis-Jacques-Mandé), né en 1788.

1 *page in-8*, du 16 janvier 1839, *au vicomte de Cazes*, pour l'informer qu'il aura l'honneur de le recevoir le lendemain, avec Mme la
duchesse de Cazes et Mgr le chancelier.

— LEBAS (Jean-Baptiste-Apollinaire), né 1797, mort 18...

Demi-page in-4, du 14 mars 1837, *à l'amiral Rosamel*, ministre
de la marine. Il lui demande un rendez-vous pour conférer sur le mo-
dèle qu'il désire faire déposer au *Musée naval* (ceux des machines
employées pour le transport et l'érection de *l'obélisque de Loucqsor*).

— DOMBASLE (Matthieu de), né en 1777, mort en 1844.

1 *page in-4*, de Nancy, le 14 juin 1817, pour annoncer l'envoi
d'une *houe à cheval* et d'un *rayonneur*, tirés *de son établissement*, et
dont le prix est de 121 fr.

— MULOT, ingénieur.

1 *page in-8*, du 26 avril 1828. Il demande à M. Olivier, à la fa-
brique de bitume de Grenelle, divers objets pour le service de son
atelier (*foreur du puits artésien de Grenelle*).

— BACLER D'ALBE (Louis-Albert Ghislain, baron de), né
en 1761, mort en 1824.

2 *pages in-4*, 14 nivôse an XI, *à M. Denoy, directeur général des
musées,* pour lui faire hommage d'un ouvrage qu'il vient de publier
sous les auspices de *Madame Bonaparte :* « ..... J'ai cherché, par une
« suite d'expériences, à m'approprier le prétendu secret des Anglais
« pour la gravure à l'aqua-tinta... »

(*4 portraits.*)

394 CÉLÉBRITÉS ETRANGÈRES (3 *lettres autographes signées.*)

— KOSCIUSKO (Thaddée), né en 1746, mort en 1817.

1 *page in-8*, sans date, adressée à M. Zeltner, le frère de celui chez
lequel il mourut à Soleure. Ce M. Zeltner, qui habitait Belleville,
était ministre de la Confédération suisse près le gouvernement de

France. Il le remercie de ses attentions et critique un ouvrage dont il lui a fait envoi.

— Capo-d'Istrias (Jean, comte de), né en 1780, *assassiné le 9 octobre 1831.*

1 *page in-4*, datée d'*Égine*, le 10 janvier 1810, et adressée à M. Rizo, à Nauplie. Lettre toute politique, qui se termine ainsi : « .... Vous verrez comment je compte m'y prendre pour ne pas garder « le silence dans une si grave conjoncture. *Qui se tait affirme.* »

— Pozzo-di-Borgo (Charles-André, comte), né en 1780.

1 *page in-4*, du 30 septembre 1829, *au duc de Damas-Cruz*, pour savoir le jour qu'il plairait à *Monseigneur le Dauphin* de recevoir *madame de Nesselrode*, épouse du vice-chancelier de l'Empire.

(*Les 3 portraits, 1 double.*)

395 **CÉLÉBRITÉS ÉTRANGÈRES** (8 *lettres autographes signées.*)

— Bodoni (Jean-Baptiste), né 1740, mort 1814.

Demi-page in-4, s. d. (en italien). Il est question dans cette lettre du *Journal de Linguet.*

— Scrofani (Xavier), né 1756.

1 *page in-4*, 24 pluviôse an IX, *au citoyen Méjau*, pour lui faire hommage de son *Voyage en Grèce*, et se recommander à sa protection.

— Botta (Charles-Joseph-Guillaume), né 1766, mort 1837.

1 *page in-4*, 27 août 1825, à *Mme Sophie Duvancel*. « ... Ma pau- « *vre histoire* n'est certainement pas à son aise entre les mains d'une « lectrice enchantée de *Byron* ou de *Walter Scott...* » *Jolie lettre.*

— Biagioli (Nicolas-Joseph), né 1768, mort 1830.

2 *pages in-4*, 12 mars 1828, *au comte Corvetto*, pour le prier d'accepter la dédicace de la 3e édition des *Lettres du cardinal Bentivoglio.*

— Belloni, né 17.., mort 18...

1 *page in-8*, 20 février 1843. Il explique les motifs qui l'ont empêché jusqu'ici de publier l'historique de la *Manufacture royale de mosaïque* et de ses travaux.

— Rossi (Pellegrino di), homme d'État et économiste, né 1787, assassiné le 15 novembre 1848.

2 *pages in-4*, à *M. de Sismondi*, sans date. Il lui demande avec instance un article pour les *Annales.* « ..... Vous avez le travail si « facile. »

— Micali (Giuseppe), archéologue, né 1780, mort 1844.

Demi-page in-8, s. d. Il réclame une lettre qui lui avait été annoncée, et qu'il n'a pas trouvée en arrivant chez lui.

— Pᴇꜱᴛᴀʟᴏᴢᴢɪ (Jean-Henri), né 1745, mort 1847.

Demi-page in-4, d'Yverdun, le 1ᵉʳ février 1816, à M. Jullien, pour lui accuser réception d'une somme de 600 fr., et lui donner des nouvelles de ses enfants.

(Portraits.)

396 **CÉRUTTTI** (Joseph-Antoine-Joachim), littérateur, né 1738, mort 1792. (*Lettre autographe signée.*)

3 *pages in-4,* du 10 novembre 1789, adressées *à Mᵐᵉ Necker, belle et intéressante pièce,* remplie de détails politiques : « .... ces « gens-là ont une administration toute prête : M. le duc d'Orléans « premier ministre; l'évêque d'Autun (Talleyrand) surintendant des « finances; M. de Mirabeau à la tête des affaires étrangères; M. Du « port garde des sceaux.... ce qui les embarrasse, c'est M. de la « Fayette.... leur grande occupation est de trouver un moyen de le « renverser; s'ils n'y parviennent pas, ils l'assassineront.... »

397 **CHAMPOLLION** (Jean-François), *dit le Jeune,* né 1791, mort 1831.

— Cʜᴀᴍᴘᴏʟʟɪᴏɴ-Fɪɢᴇᴀᴄ (Jean-Joseph), son frère, né 1779. (3 *lettres autographes signées.*)

, La *première, de Champollion le jeune,* de 3 *pages et demie in-4,* datée de Grenoble, le 28 février 1810, est une *très-belle lettre scientifique,* mêlée d'une piquante critique, avec *dessins d'hiéroglyphes.*

La *seconde, qui est du même,* et de 1 *page in-fol.,* porte la date du 16 avril 1824, et a pour objet la demande d'une audience au garde des sceaux, pour lui présenter son *Précis du système hiéroglyphique des anciens.*

La *troisième, de Champollion-Figeac,* de 1 *page et demie in-4,* du 27 février 1812, est une *jolie lettre,* où il nomme, entre autres personnes, *le dévot Sacy,* et *Langlès qui ne l'est pas.*

398 **CHANSONNIERS.** (1 *pièce autographe et* 1 *lettre autographe signée.*)

— Cᴏʟʟᴇ́ (Charles), né 1709, mort 1783.

4 *pages in-4.* (Décembre 1764.) Extrait d'un prologue qu'il envoie à Laujon pour la fête d'une dame *qui joue supérieurement la comédie.* Il lui demande des couplets, « .... qui raviront tout le monde; c'est si « fort sa coutume que ce compliment-là n'est plus même un compli « ment.... »

— Lᴀᴜᴊᴏɴ (Pierre), né 1727, mort 1811.

1 *page et demie in-4,* du 2 vendémiaire an **X,** au préfet de la Seine, pour obtenir que l'orthographe de son nom soit rectifiée sur la liste électorale.

Sa signature est suivie de cette mention : « Doyen par ancienneté « d'ouvrages de tous les auteurs dramatiques. »

Joint une *notice manuscrite sur Laujon.*

(Les 2 portraits.)

399 CHANSONNIERS (*2 pièces autogr. dont 1 signée*).

— PANARD (Claude-François), né 1694, mort 1765.

Demi-page in-4. Couplet de chansons.

— VADÉ (Jean-Joseph), né 1720, mort 1757.

Demi-page in-4, du 30 août 1750. Il reconnaît avoir cédé à M. Du-chesne son *poëme de la Pipe cassée*, pour en jouir autant que bon lui semblera. (*Les 2 portraits et une gravure se rapportant à la pièce de Vadé.*)

400 CHÉNIER (Marie-Joseph de), de l'Académie fran-çaise, membre de la Convention nationale et du con-seil des Cinq-Cents, né 1764, mort 1811. (*1 lettre et 1 apostille autographes signées et 1 pièce signée.*)

La *lettre*, de *2 pages in-4*, datée du 21 brumaire an XIII, est adres-sée à *Fourcroy* (dont elle porte en tête *trois mots et le parafe auto-graphe* : « .... Ma déplorable santé me retenait impérieusement chez « moi. Une tragédie faite en six semaines, et qui ne m'a pas empêché « d'assister avec exactitude à toutes les séances qui ont eu lieu pour « l'organisation des *lycées de Paris*, l'avait rendue plus chancelante... « Dès qu'il me sera permis de me traîner un peu, j'aurai l'honneur « d'aller vous présenter mes devoirs... »

L'apostille, de 10 *lignes in-8*, a pour objet de recommander un Mémoire du *fils de Monvel* : « ..... Il se recommande assez de lui « même par des talents distingués, par des connaissances étendues, et « par le mérite célèbre du grand artiste qui est son père et qui honore « la scène française à double titre... »

(Au-dessus de cette apostille est la *signature autographe de Monvel fils.*)

Quant à la *pièce signée*, datée du 22 messidor an VI, c'est un ex-trait de procès-verbal de séance du conseil des Cinq-Cents, portant la *signature autographe de M.-J. Chénier*, donnée comme *président* de ce conseil, et celle des députés *Barbier* et *Portier*, en qualité de *secré-taires.* (*2 portraits.*)

401 CHERUBINI (L.-Salvador), célèbre compositeur, membre de l'Institut.

L. aut. sig. à Mad. Servois ; Paris, 15 mai 1830, 2 p. pl. in-8. Très-jolie lettre.

402 CHIMISTES CÉLÈBRES. 4 lettres aut. sig.

BERTHOLLET, au ministre. Paris, an VIII. Trois quarts de p. in-fol. — CHAPTAL. Au préfet de la Seine, an X, 1 p. in-4. — FOURCROY. Déclaration aut. sig., an III, 1 p. pl. in-4. — VAUQUELIN. A M. de Fontanes, 1811, 2 p. in-4.

403 CHIMISTES. 11 lett. et pièces, et 1 *portr.*

BARRUEL. L. aut. sig. 1838, 1 pl. in-4, et notice aut. sur ses tra-vaux scientifiques. 2 p. in-4. — BAYEN (Pierre). L. aut. sig., 1758. 1 p. in-4. — BERTHEVIN. L. aut. 1774. 2 p. in-4. *Portr.* — BOISSEL. 1848. 1 p. in-4. — BOUILLON LA GRANGE. Attestation aut. sig. 1825, in-4. — BOULLAY. L. aut. sig. 1826. 1 p. in-4. — BOURDELIN (Louis-Claude). Pièce sig. 1738. 2 p. in-fol. — BOUTRON. L. aut. sig., à

M. Lucas de Montigny. 1847. 1 p. in-8. — Braconnot. L. aut. sig.
1 p. in-4. — Deyeux. L. aut. sig. 1825. 1 p. in-4. — Dumas (J.).
Note sur l'huile essentielle des fleurs de reine-des-prés (*spira almaria*).
Aut. sig. en tête. 6 p. in-4.

404 CHIRURGIENS FRANÇAIS. 17 pièces.

Heurteloup (le baron Nicolas). Certificat sig. An III. 1 p. in-4. —
Imbert de Lonnes. L. aut. sig., au ministre. 1 p. in-fol. — Le Dran
(Henry). Quitt. sig. 1686. — Lisfranc. Sept certificats médicaux aut.
sig. 1825-1830. — Murat. Certificat médical aut. sig. 1825. 1 p. in-4.
—. Puzol. Certificat médical aut. sig. 1677. Demi-p. in-4. — Sanson
(Louis-Joseph). Certificat sig. 1828. — Thevenot de Saint-
Blaise. Deux certificats médicaux aut. sig. 1825-1826. 2 p. in-4. —
Verdier (César). Certificat médical aut. sig. 1754. 1 p. in-4. — Yvan
(le baron). Certificat médical aut. sig. 1829. 1 p. in-4.

405 CHIRURGIENS FRANÇAIS. 16 lett. et pièces et
3 *portr.*

Barbier (Louis-Athanase). Deux lett. aut. sig. An III et 1833. 1 p.
in-8 et 4 p. in-4. — Bougon. Certificat médical aut. sig. 1828. —
Bourdet, dentiste du roi. L. aut. sig., à M. Bertin, 29 mars 1773. 2 p.
in-4. Au sujet du titre de noblesse qui lui a été accordé par le roi au
sujet de ses fonctions, ayant beaucoup contribué au progrès de son
art, par la publication d'un ouvrage considérable, fruit de son application à ses travaux. — Boyer (Alexis, baron). Cinq certificats médicaux aut. sig. 1825-1830, 5 p. in-4. *Portr.* — Cullérier. Certificat
médical aut. sig. an XI. 1 p. in-4. *Portr.* — Demours (Pierre), oculiste. Fragment aut. de consultation médicale. 1765. 2 p. in-4. *Portr.*
— Demours (Antoine-Pierre), oculiste. Pièce aut. — Dionis (Pierre),
chirurgien du corps de Madame la Dauphine. Quitt. sig. 1681. —
Gama. L. aut. sig. 1829, 1 p. in-4. — Guerbois. Deux certificats médicaux aut. sig. 1825-1826. 2 p. in-8 et in-4.

406 CHIRURGIENS, médecins, membres de l'Académie
des sciences et de l'Institut. 12 pièces et 2 portraits.

Dumas (C. L.). L. aut. sig. 1 p. in-4. — Duméril. Deux certificats
médicaux sig. et aut. sig. 1828. 2 p. in-4. *Portr.* — Huzard (Jean-
Baptiste), vétérinaire. Trois lett. aut. sig. an XI-1807. 1 p. in-8 et
2 p. in-4. — Lemery (Louis). Quitt. sig. 1709. — Magendie. Trois
certificats médicaux aut. sig. 1828-1829. 3 p. in-4. — Malvet (Pierre-
Louis). Certificat médical aut. sig. 1724. 1 p. in-8. — Sabatier
(Raphaël-Bienvenu). Certificat médical aut. sig. an II. 1 p. in-4. *Portr.*

407 CIBOT (Pierre-Martial), jésuite, missionnaire en Chine,
né à Limoges en 1727, mort à Pékin en 1780, après
un séjour de vingt ans dans cette ville. (*Lettre autographe signée.*)

Belle lettre de 8 pages in-4, datée de *Pékin,* le 11 novembre *1779*
(c'est-à-dire 9 *mois avant sa mort*), remplie de détails aussi touchants
qu'intéressants sur les missions de Chine : « ..... Plus la mission de
« Chine touche de près à son dernier naufrage et à sa ruine entière,
« plus j'espère que le clergé de France voudra bien s'intéresser pour
« elle... en protégeant des chrétiens qui sont à la merci de la plus hor-
« rible des tempêtes. Hélas ! elle est telle, qu'on ne peut plus en par-
« ler que par ses larmes et par ses soupirs... Périsse plutôt ma droite
« que de révéler à l'Europe jusqu'où vont nos désolations et nos ago-

« nies... Mon silence jusqu'à ce jour vous prouve que l'intérêt d'une
« grande mission qui va périr m'oblige et me force *à vous affliger de*
« *mes derniers soupirs.* Encore, Messieurs, ne m'y serais-je jamais dé-
« terminé, si les bontés de notre auguste monarque n'avaient pas pré-
« venu nos prières et si sa pitié n'avait pas tourné ses regards et ses
« pensées vers une mission commencée par saint Louis, et si chère à
« Louis le Grand et à toute la famille royale... »

408 CLERGÉ (*prêtres et congréganistes*). 6 *lettres autographes signées.*

— BOURDALOUE (René-Louis), *arrière-neveu du célèbre prédicateur.*

2 *pages in-4*, du 22 avril 1740. *Il est dans la détresse* et demande à emprunter pour conserver sa cure de *Reuilly* (près d'Is-
soudun).

— FOUQUET (Charles-Armand), *fils du célèbre surintendant.*

1 *page in-8*, du .., à *M. de la Cré*, auditeur des comptes, pour réclamer un récépissé de la *Compagnie des Indes* et la grosse d'un
contrat.

— NICOLLE (Charles, abbé), *supérieur du collége de Sainte-
Barbe*, né 1758, mort 1835. Portrait.

2 *pages in-4*, du 18 mars 1821. Il recommande deux personnes
dans la détresse, dont une à laquelle le *duc de Richelieu* prend un vif
intérêt.

— LIAUTARD (Claude-Rosalie, abbé), né 1774, mort 1842.
Portrait.

2 *pages in-4*, du 21 avril 1..., à *M. Auger*, à *Gentilly*. Il l'entretient des *embarras financiers de son établissement d'éducation*, et de
la fatigue qu'il éprouve.

— MONTÈS (abbé), *aumônier général des prisons.*

1 *page in-8*, du 4 décembre 1836. Il s'excuse de fournir un article
sur lui-même pour la *Biographie des hommes du jour.*

— BAUDEAU (Nicolas), *prieur de Saint-Lô*, etc., né 1730,
mort 1792.

1 *page in-4*, 27 mars 1788. Il donne une semonce à un commis
greffier, en sa qualité de *chef du Conseil du prince de Salm.*
Joint le *diplôme de bachelier de René-Louis Bourdaloue*, délivré
sur parchemin, sous la date du 2 mai 1701.

409 CLERGÉ FRANÇAIS, orthodoxe et hétérodoxe.

AMALRIC, vicaire général de Verdun, sécularisé et marié. Trois lett.
et pièce aut. sig. 1788-1810. 3 p. in-4. — ARCHON, abbé de Saint-
Gilbert. — AUDOUIN, vicaire de Limoges. Lett. imprimée. — BERTOLIO,
ambassadeur à Rome. L. aut. sig. Rome. 2 p. in-4. —BONNEVIE, L. aut.
sig. An XI. 1 p. in-4. — BRISACIER. Quitt. sig. (sur parch.). 1707. —
CAYRON. jésuite. Pièce aut. sig. 1737. 1 p. in-4. — CERIZIERS, aumônier du roi. 1649. — CHASTELAIN, aumônier du roi. Quitt. sig. (sur

parch.). 1679. — CHATEL (François), fondateur de l'Église catholique française. L. sig. 1831. 1 p. in-4. Cachet. — DESRENAUDES (Martial-Borye). L. aut. sig. 2 p. in-8. — DUHAN (Laurent), professeur de philosophie au collége de Plessis. Quitt. sig. 1709. — FAGON (Antoine), abbé de Saint-Mion. Deux pièces sig. — GEORGEL (Jean-François), jésuite. Billet aut. — JANSON (Jules, comte de). L. aut. sig. 1805. 3 p. in-4. — Dix-huit pièces.

410 COFFIN (Charles), poëte latin, recteur de l'Université après Rollin, né 1676, mort 1749.

Quitt. aut. sig. Paris, 20 juillet 1744. Demi-p. in-4. *Portr.* de Simonneau, in-8.

411 COLLIN D'HARLEVILLE (Jean-François), poëte et auteur dramatique, membre de l'Académie française.

L. aut. sig. *Harleville*, à M. Alix, avocat, à Paris. Meroisin (par Maintenon), 20 juillet 1788. 3 p. pl. in-4. Cachet.

Jolie et intéressante lettre relative à ses charmilles et ses *Châteaux en Espagne*. Il a fait en trois mois ses *Châteaux*, comédie en trois actes, malgré ses voyages, une maladie de trois semaines et ses dérangements, et il doit convenir que c'est à lui à faire...

412 COLLIN D'HARLEVILLE (J.-Fr.), poëte et auteur dramatique, membre de l'Acad. franç.

L. aut. sig. à Fourcroy; Sauvage, Eure-et-Loir, 6 vend. an XI, 1 p. in-4, rognée en tête.

Jolie épître se terminant par ce post-criptum : « Je n'ai pas besoin, je crois, de réchauffer votre intérêt pour Guillard (l'auteur dramatique, son meilleur ami) et Paësiello : puisse celui-ci nous recommencer Sacchini ! »

413 COMTE (Louis-Christian-Emmanuel-Apollinaire), physicien, prestidigitateur, fondateur-directeur du théâtre Choiseul, né 1778, mort 1859.

1° L. aut. sig., à madame... 2 nov. 1841. 1 g. p. in-4.
Invitation à une soirée de ses prestiges...
2° L. aut. sig., au semainier du Théâtre-Français. Paris, 24 janvier 1842. 1. p. in-8.
« Messieurs et *très-grands collègues,* ma première duègne serait
« vraiment heureuse de prendre ce soir une excellente leçon; accordez-
« lui donc *deux modestes places,* vous ferez une bienheureuse, et obli-
« gerez bien sincèrement votre petit voisin dévoué en toute occa-
« sion. »

414 CONDORCET (Marie-Jean-Antoine-Nicolas de Caritat, marquis de), de l'Académie française et de celle des sciences, membre de l'Assemblée nationale et de la Convention, né en 1743, *trouvé mort* le 28 mars 1794. (*Une lettre autographe signée.*)

1 *page in-4,* sans date, adressée à un de ses collègues des Académies, pour le prier, étant privé d'assister aux séances, d'obtenir qu'il soit remplacé dans celles de ses fonctions qui exigent la présence :

« ..... Les éloges, les préfaces, les lettres, les signatures des expédi-
« tions, peuvent se faire chez moi ; je supplie l'Académie de permettre
« que j'en reste chargé... »

415 COTTIN (Mme RISTAUT), célèbre romancière.

L. aut. 1 p. un quart in-4.
Curieuse épître écrite à un homme qui avait supposé, par les ex-
pressions d'une lettre précédente, qu'elle avait pour lui plus que de
l'amitié. Elle cherche à le désabuser, et convient qu'elle s'est laissé
entraîner plus loin qu'elle ne voulait. « Je n'ai plus d'époux, dit-elle ;
j'étais bien jeune quand je le perdis. Je l'aimais, je le pleure encore.
Depuis, j'ai vécu seule à la campagne, loin du monde, entourée d'amis
qui me sont chers, ayant dans l'âme une piété sincère... Jadis, au milieu des plaisirs de Paris, je regrettais la nature : elle me plaît davantage depuis que je la vois tous les jours. Vos ouvrages m'apprennent à
l'aimer mieux encore... «

416 COURIER (Paul-Louis).

L. aut. sig., à madame (Pigalle). Barletta, 26 ventôse an XMI. 1 gr.
p. pl. et quart in-4.
Envoi d'une procuration pour l'acquisition d'une terre... « Je ne
« puis me rendre à Paris moi-même. Car, outre mon emploi qui me
« retient, la peste et les brigands qui nous entourent rendent la route
« impraticable ; on ne peut voyager qu'avec un gros corps de troupes... »

417 COURT DE GÉBELIN (Antoine), *l'un des hommes
les plus érudits du* XVIIIe *siècle*, né 1725, mort 1784.
(Lettre autographe signée.)

Très-belle lettre de *4 pages in-4*, datée du 28 mai 1783, dans laquelle le savant auteur du *Monde primitif*, après avoir informé le ministre qu'il vient d'être guéri du plus triste état de santé *par les soins
de M. Mesmer et par son seul traitement*, lui demande de faire inter-
venir le roi pour 1° maintenir la nomination d'un consul *protestant*
dans la petite ville de Ganges ; 2° arranger le mariage de deux jeunes
gens de vingt ans qui s'aiment, *ont fait la faute qu'amour fait faire*,
et à l'union légitime desquels s'opposent leurs parents ; 3° soutenir le
Musée de Paris qui, faute d'argent, est sur le point de se disperser.
(Portrait.)

418 CUVIER (George), illustre naturaliste de l'Académie
française.

L. aut. au citoyen Boigeol, à Vesoul ; Paris, 25 nivôse an IV, 3 p.
un quart in-4.
Il vient d'être admis à l'Institut national de France. Il attribue ce
bonheur au défaut de concurrents dans la partie qui l'occupe : « Je
jouis néanmoins bien vivement de pouvoir me réunir tous les soirs avec
tout ce que la France produit de plus illustre, profiter de leurs leçons
et de leurs exemples, admirer surtout l'étonnante simplicité de la plupart de ces hommes dont le nom retentit dans toute l'Europe. » Il demande des renseignements sur les diverses espèces de rats de la Fran-
che-Comté, renseignements dont il a besoin pour un ouvrage dont il
s'occupe avec Geoffroy. Il ne promet pas de nouvelles de Paris, parce
qu'il ne s'en informe plus du tout. « Au bout du compte, ajoute-t-il,
tout cela ne m'intéresse guère. »

419 D'AGUESSEAU (Henri-François), chancelier de France. (Voy. n° 348).

L. aut. sig., au Révérend Père Galipaud, assistant de l'Oratoire. Versailles, 5 sept. 1733. 2 p. et p. et quart in-4.

420 DARU (le comte), ministre et littérateur, de l'Académie française.

L. aut. sig. 1819, 1 p. in-4. Jolie lettre.

421 DAUMESNIL (le baron Pierre), brave général, gouverneur de Vincennes en 1815 et en 1830, surnommé *la Jambe de bois*.

L. aut. sig. (à un général allié); Vincennes, 6 mars (1814), 1 p. in-4.

Épître d'un laconisme antique, en réponse à la sommation qui lui était faite de rendre Vincennes : « Que les troupes alliées n'environnent plus ma place, que le pillage cesse dans le village ; alors je prendrai une détermination. » — Au lieu du 6 mars, qu'il a mis par inadvertance, il faut lire 6 avril, car les troupes étrangères ne sont entrées à Paris que le 31 mars.

422 DEJEAN (le comte), général et ministre.

L. aut. sig. au général Beurnonville; Utrecht, 28 brumaire an V, 4 p. pl. in-fol., vignette.
Très-belle lettre remplie d'intéressants détails militaires.

— DESFOURNEAUX.

1° L. aut. sig. à M. Legrand, 2 pl. in-fol. — 2° L. aut. sig. au duc d'Angoulème; 1827, 2 p. in-fol. Protestations de dévouement.

— DUMAS (Matthieu).

L. aut. sig. au général Carnot; Berne, an VIII, 3 p. in-4, tête impr. Très-belle lettre militaire.

423 DELAVIGNE (Casimir), poëte dramatique, de l'Académie française.

L. aut. sig. à M. Léonard; la Madeleine, 12 juin 1826, 1 p. pl. in-8.

424 DELILLE (Jacques), poëte fécond, habile traducteur, de l'Académie française.

L. aut. sig. à Esménard, 1 p. pl. in-8. (*Rare.*)

425 DE PRADT (Dominique Dufour), archevêque de Malines, ambassadeur, auteur des *Trois Ages des colonies*, etc., etc., né 1759, mort 1837. (*Lettre autographe signée.*)

1 *page in-4, d'Issoire*, le 18 octobre 1819. Il remercie M... de l'envoi d'un écrit sur la question de *l'affranchissement des colonies* : « ... *Si, le premier en France et en Europe, j'ai indiqué* les causes, « les moyens et *l'inévitable résultat de la révolution coloniale*, je dois « plus que tout autre prendre un vif intérêt à l'issue d'une lutte que « tout semble favoriser du côté de l'Amérique... » (*Portrait.*)

426 **DESAIX** (L.-Ch.-Ant.), illustre général en chef, tué à Marengo.

> L. aut. sig. au ministre de la guerre; armée de Rhin et Moselle, 27 pluv. an V, 2 p. demi-in-4, cachet, tête impr. et jolie vignette.
> Éloge du chef de bataillon du génie Crétin, qui a demandé sa retraite. Desaix engage le ministre à retenir ce brave militaire sous les drapeaux en lui accordant le grade de chef de brigade.

427 **DESAULT** (Pierre-Joseph), *le plus grand chirurgien qu'ait eu la France depuis Ambroise Paré*, né 1744, mort le 1er juin 1795 (pendant qu'il donnait ses soins au Dauphin, fils de Louis XVI, détenu dans la tour du Temple, où il mourut le 5 du même mois). (*Une pièce signée.*)

> 1 page in-fol. Certificat constatant que *M. de Bully* (*grand vicaire du diocèse de Soissons*) a suivi ses cours de chirurgie au grand hospice d'humanité, *ci-devant Hôtel-Dieu*, de brumaire à messidor an II de la République.
> *Très-belle pièce*, datée du 27 nivôse an III, sur un *papier à vignettes*, gravées par Masquelier le jeune, et qui sont *des plus curieuses*.
> Quelques personnes croient que la pièce est entièrement autographe. (*Portrait.*)

428 **DESGENETTES** (R.), célèbre médecin en chef de l'armée d'Égypte.

> L. aut. sig. au général Vial; le Kaire, an VII, 2 p. demi-in-fol., tête impr. et vign. Belle lettre.

— **LARREY** (Dom.-J., baron), chirurgien célèbre de l'armée d'Égypte.

> L. aut. sig. au même; le Kaire, an VII, 2 p. in-fol., tête impr. et vign.

429 **DE THOU** (Jacques-Auguste).

> 1° Sa sig. : *Jac. Aug. Thuani*, au bas du titre du livre : Jac. Sadoleti de liberis recte instituendis, liber. Parisiis. Apud Simonem Colinæum. 1534. Petit in-8, avec la vignette *Tempus*.
> 2° Sa sig. : *Jac. Aug. Thuani*, au bas du tittre du livre : Métamorphoses d'Ovide, mises en vers françois, par Raimond et Charles de Massac, père et fils. Au Roi. Paris, chez Abel L'Angelier. 1593. 1 p. in-8. Vignette du sacrifice d'Abel.
> 3° Extrait notarié du partage fait entre messieurs et mesdemoiselles de Thou, 13 mars 1632. 1 gr. p. in-fol.

430 **DIDEROT** (Denis), illustre philosophe et écrivain.

> L. aut. sig. à M. Girbale, trois quarts de p. in-8.

431 **DUBOIS-CRANCÉ**, célèbre constituant et conventionnel.

> L. aut. sig. *de Crancé de Palham*, à M. Gillotin, à Reims. Versailles, 6 août 1789, 3 p. in-4. Frippé, et cassé dans le pli du milieu.
> Lettre très-curieuse sur l'abolition du régime féodal dans la nuit du 4 du même mois.

432 DUCIS, à Talma, à son neveu, etc.

1° Six lettres (copies de), adressées à Talma (qui était son filleul), du 18 août 1795 au 13 nov. 1815. 14 p. in-4.

2° Trois lettres (copies de), adressées à son neveu, du 13 fructidor au XII au 17 février 1808. 9 p. in-8 et in-4.

3° Deux lettres (copies de), adressées à M. Campenon et à son neveu, 1808 et 1823, de la main de M. Aimé Martin. 5 p. in-4.

433 DUCIS (Jean-François), poëte dramatique, membre de l'Académie française, né 1733, mort 1827.

L. aut. sig., à M. de la Tour, à Paris. Versailles, 28 août 1809. 3 gr. p. pl. in-4.

Belle et intéressante lettre au sujet de la mort de son ami Bitaubé ; comment il lui est difficile maintenant de se livrer à la poésie... Son impatience de recevoir le portrait de son ami est bien vive...

434 DULAURE (Jacques-Antoine), membre de la Convention et du conseil des Cinq-Cents, historien, etc., né 1775, mort 1835. (*Une lettre autographe signée et un fragment également autographe signé.*)

La lettre de 1 *page in-4*, du 19 août 1829, est une *jolie pièce :* « ... Je partage entièrement votre opinion sur les romantiques... ils « veulent, comme Erostrate, faire parler d'eux, et, se croyant des « aigles, ne sont que des oisous, comme vous l'avez exprimé... »

Le fragment, de 4 *pages in-fol.*, se rapporte à l'article de la ville d'Etampes, dans l'*Histoire physique, civile et morale des environs de Paris*, etc., etc., par Dulaure. Paris, 1825. (*Portrait et une gravure épisodique.*)

435 DUPONT de *Nemours*, constituant, économiste.

L. aut. sig., à M. le comte de Scheffer, sénateur de Suède, Paris. 22 juin 1785. 3 gr. pl. in-fol. Superbe lettre.

436 DUPONT (de *l'Eure*), député, membre du gouvernement provisoire de la République de 1848.

L. aut. sig., à M. Cauchois-Lemaire. Paris, 19 mai 1847. 4 gr. p. pl. in-4.

Relative à l'emploi que M. Cauchois-Lemaire désirait obtenir dans la section législative aux archives du royaume, et en possession duquel il vient de mourir.

437 DUPUIS (Ch.-Franç.), auteur de l'*Origine des cultes*, membre de la Convention et de l'Institut.

Pièce aut. sig., Lyon, 22 prairial an III. 1 p. in-fol., tête et vignette. Relative aux écoles primaires du département du Rhône.

438 DUSSAULX (Jean), de l'Académie des inscriptions, membre de l'Assemblée législative, de la Convention nationale et du conseil des Anciens, né 1728, mort 1799. (*2 lettres autographes signées.*)

La *première*, de 4 *pages in-fol.*, du 16 janvier 1791, est adressée *au patriote Palloy*. Il vient de recevoir son *plan de la Bastille* et les

pièces intéressantes qui l'accompagnent : « ... Etrennes vraiment na-
« tionales, et non moins agréables à l'œil de tout bon Français que
« douces à son cœur... Ce don de votre amitié... ne cessera jamais de
« me rappeler ce que nous avons vu l'un et l'autre..., le 14 juillet
« 1789... Les lâches et les perfides osaient nous blâmer... d'avoir
« unanimement conjuré la prise de la Bastille, repaire non moins fu-
« neste et non moins atroce que celui de Phalaris et de Cacus.... Les
« générations futures sauront que l'*intrépide Palloy*, après avoir con-
« tribué à la conquête de ce môle informe..., a encore... l'honneur
« d'avoir donné le premier signal et l'exemple de la démolition.... La
« postérité n'ignorera pas non plus que *ce même Palloy*.... sacrifia la
« moitié de sa fortune.... pour manifester.... à la France, à l'Europe
« entière, aux trois autres parties du monde.... *les horribles formes*
« *de l'antre trop fameux* où, depuis plusieurs siècles, le despotisme
« français entassait à son gré de nombreuses victimes.... L'aspect seul
« de la Bastille.... justifiera bientôt *notre sainte insurrection* aux yeux
« de l'univers.... » Toute la lettre est de ce style, et se termine par un
projet d'*épitaphe de Palloy*. Elle est signée : *Votre frère Dussaulx,*
frère du 14 juillet 1789, et qui en conservera les sentiments jusqu'à
son dernier soupir.

La *seconde*, de 1 *page in-fol.*, du 4 germinal an **IV**, est adressée
au *ministre de la guerre*. Il le conjure de venir au secours de sa sœur,
qui se meurt de chagrin de ce que son fils est appelé à l'armée :
« ... Au nom de Dieu, citoyen ministre, tirez-moi de cette horrible
« perplexité. Je suis vieux, j'ai tout sacrifié, comme on le sait, à la
« révolution, corps et biens. *Que la République triomphe, et je mourrai*
« *content.* Mais, quand je l'ai bien servie, me refusera-t-on.... mon
« petit-neveu, que j'ai élevé?... » (*Portrait.*)

439 **ESCOUSSE** (Victor), auteur dramatique (*Farruck-le-
Maure*, etc.), mort à vingt ans, en 1832 (par as-
phyxie), avec son camarade et collaborateur, Auguste
Lebras, âgé de seize ans, né 1811, mort 17 février
1832.

L. aut. sig., à M. Alph. Brot. Paris, 27 janvier 1832. 1 p. in-18.

— BÉRANGER, notre poëte national.

L. aut. sig., à Victor Escousse. La Force (prison de), 6 juin 1829.
1 p. pl. in-8.
Il s'empresse de le remercier des chansons qu'il a bien voulu lui
envoyer. Il se contentera de lui témoigner sa reconnaissance pour celle
qui lui est consacrée ; elle est trop louangeuse pour qu'il l'en félicite.
Mais il peut lui assurer que les autres lui ont paru charmantes. Les
vers en sont bien tournés, les pensées souvent heureuses, et les cadres
ingénieux. « Si vous êtes aussi jeune que vous me donnez lieu de le
« présumer, je ne puis que vous prédire des succès dans la carrière
« poétique. »

— *Le même.*

L. aut. sig., au même. Paris, 13 juin (1829). 1 p. pl. in-8.
Ce sera avec beaucoup de plaisir qu'il recevra sa visite (à la prison
de La Force, où il est détenu). Démarches à faire à la préfecture de
police pour en obtenir la permission.

440 EULER (Léonard), célèbre mathématicien, né à Bâle 1707, mort à Pétersbourg 1783. (*Lettre autographe signée.*)

2 *pages in-4*, datées *de Berlin*, le 22 février 1757, adressées à *M. de Maupertuis*, relatives à des arrangemeuts à faire dans le local de la bibliothèque de l'Académie de Berlin et à la vente de la bibliothèque de feu M. Héring. (*3 portraits, dont celui gravé par B. Hubner.*)

441 FAUCHER (César et Constantin), *frères jumeaux*, maréchaux de camp, nés à La Réole en 1760, *fusillés ensemble* le **27** septembre 1815. (*Lettre autographe de Constantin, signée de lui et de son frère César.*)

2 *pages in-fol.* Paris, 18 avril 1815, *au maréchal prince d'Eckmuhl*, ministre de la guerre. Ils rappellent les services qu'ils ont rendus à la patrie en 1814 et demandent de l'emploi : « … Si nous som-
« mes commandans ou gouverneurs des deux départemens limitrophes
« (qui s'étendent de Bordeaux à Toulouse), notre action simultanée en
« aura d'autant plus de force et produira un plus grand bien. Nous
« pouverons ainsi d'une manière digne de nous notre dévouement
« sans réserve à la patrie et au prince, qui sont confondus dans nos
« cœurs. » (*3 portraits.*)

442 FÉNELON (François de Salignac de la Mothe), archevêque de Cambrai, de l'Académie française, etc., né 1651, mort 1715. (*Lettre autographe signée.*)

2 *pages in-4*, du 2 octobre 1710. *Fort jolie lettre* de politesse :
« … Je trouve dans la dame de votre grand château douceur, bonté,
« gaieté, noblesse, délicatesse, vertus sans façon. Le petit comte, de
« son côté, est fort aimable, et je suis du goût de la grande maman
« duchesse… » (2 *portraits et une vue de son tombeau.*)

443 FLORIAN. Minute aut., avec ratures et corrections, d'un discours prononcé par Florian dans la Section de la Halle-au-Blé, avant de lire les lois. 2 p. 1/2 in-8.

Voici un passage de ce curieux discours : « Aucun obstacle dans l'univers, dit-il, ne peut jamais résister à cette volonté générale ; aucun sacrifice ne coûte dès qu'un peuple entier le fait en commun. Ainsi les tyrans de l'Europe réunissent en vain leurs efforts pour détruire notre liberté ; tous ces efforts viennent se briser contre le faisceau de la République… »

444 FLORIAN.

Le Rossignol et le Paon. Fable, Aut. 1 p. pl. et demie in-8.

445 FLORIAN.

La Mort, fable. Aut. Il a écrit à la fin : *Lue à l'Académie.* 1 p. et quart in-8.

446 FONTANES (Louis, marquis de), grand maître de l'Université, poëte et écrivain, membre de l'Acad. fr.

L. aut. sig. à Ginguené ; 24 juillet, 1 p. et demie in-4.
Remerciments de l'envoi qu'il lui a fait de son *Histoire d'Italie*. —

« Les compatriotes du Tasse, de l'Arioste et de Pétrarque vous doivent une statue. Je suis bien sûr que votre juste enthousiasme pour les grands poëtes italiens ne vous empêche point de rester fidelle à l'Ecole de Despréaux et de Racine... Je pense que toutes les muses, et les plus graves et les plus aimables, vous auraient reçu dans le bon temps à l'Académie française. Je sais peu ce qui s'y passe... »

447 FORCELLINI (Égide), savant lexicographe, auteur du grand dictionnaire latin.

L. aut. sig. ; Padoue, 12 janvier 1760, 1 p. in-fol.
Explication d'une inscription antique concernant l'histoire de la cité de Pavie.

448 FOY (Max.-Séb.), général et illustre orateur parlementaire.

L. aut. sig. à un de ses collègues; Pithon (Aisne), 5 nov. 1823, 3. p. et demie in-4.
Très-belle lettre, toute politique, où il donne des détails sur l'esprit public et les élections du département de l'Aisne. « ... Je deviens à peu près indifférent au résultat avec le régime actuel : le Gouvernement représentatif n'est plus qu'un vain mot, et les assemblées électorales qu'une insultante moquerie... »

449 FOY (le général), député, orateur célèbre, né 1775, mort 1825.

L. aut. sig. au général Rémond. Paris, 15 juin 1825, 1 p. in-4. Deux *portr.*

450 FRANÇOIS DE NEUFCHATEAU, comte, membre du Directoire, ministre, sénateur, membre de l'Académie française, né 1750, mort 1828. (*Lettre autographe signée.*)

A M. Crapelet. Paris, 15 juin 1821. 3 *pages in-12.*
Il le prie de presser M. Lefèvre, afin qu'il lui paye les 500 francs échus du mois de juin 1820 : « Je suis dans un moment où je ne saurais me passer de mes faibles ressources. Je viens enfin de vendre ma maison. » — « Dans un autre pays, un ancien ministre, qui aurait fait ce que j'ai fait, ne courrait pas le risque d'être sans asile sur ses vieux jours ; la nation payerait ses dettes... Enfin, je n'ai pas fait fortune à l'intendance, et je ne saurais en rougir. » — « Je ne sais seulement où je logerai tous mes livres. Faudra-t-il que je renonce encore à la seule société que je puisse cultiver ? »
On a joint à cette lettre une *épître à M. Viennet,* par le même, impr., datée de février 1821 ; avec la réponse impr. de M. Viennet, 15 *pages in-18.*

451 FRANÇOIS DE NEUFCHATEAU, littérateur et poëte, ministre, membre de l'Acad. fr.

20 let. aut. et 3 let. sig. au citoyen Dieudonné, commissaire du Directoire exécutif près l'administration centrale des Vosges, de l'an IV à l'an VI, 26 p. in-4.
Correspondance amicale, politique et littéraire.

452 FRÉDÉRIC II, roi de Prusse, dit le *Grand*, né 1712, mort 1786.

> L. sig., en français à M. de Guigner; Potsdam, 9 oct. 1783, 1 quart de p. in-4.

453 FRÉDÉRIC II, roi de Prusse.

> L. sig., à M. de Maupertuis. Potsdam, 12 juillet 1755. Demi-p. in-4. *Portr.*
> * Il a appris que le sieur Hubert, qu'il a engagé pour son Académie, veut des apaisements; il lui envoie en conséquence l'assurauce qu'il demande concernant ses biens et effets, et surtout la promesse de ne jamais être inquiété du militaire...

454 GASSENDI (Pierre), le créateur de la philosophie naturelle.

> Pièce de vers aut., en latin, sig. en tête, et adressée à G. Naudé, 1 p. in-4.

455 GARIBALDI (Jos.), le héros de l'indépendance italienne.

> L. sig., comme commandant de la 1re division de l'armée romaine, au colonel Amadei; Rome, 7 juin 1849, 1 p. in-4. tête impr.
> Il le prie d'activer les travaux de défense de Rome.

455 *bis* GERBIER (Pierre-J.-B.), avocat célèbre, né 1725, mort 1788.

> L. a. s., à M. Lambert, procureur au Châtelet. 1 p. in-8.

456 GERBIER (P.-J.-B.), avocat célèbre, né à Rennes.

> L. a. s. à M. Caullet, secrétaire du Roi, 1 p. pl. in-4, cachet.
> Il refuse les honoraires qu'on lui offre dans l'affaire de MM. de Biron.

457 GEOFFROY SAINT-HILAIRE (Étienne), célèbre zoologiste, né 1772, mort 1824.

> 1° L. aut. sig., comme professeur administrateur du Muséum d'histoire naturelle, au citoyen Leré, à Compiègne. Paris, 29 fructidor an IV. 3 p. in-4. Tête impr. Vignette du Muséum. Cette lettre est aussi sig. par le directeur de Jussieu. — Petit billet in-18.
> 2° L. a. s., à madame Leré. Paris, 11 juin 1806. 1 p. et demie in-4.

458 GINGUENÉ (P.-L.), littérateur, auteur de l'*Histoire littéraire de l'Italie. L. a. s.* à M. Michaud, 1810, 2 p. pl. in-8. Jolie lettre.

459 GRÉGOIRE (Henri), constituant, évêque constitutionnel de Blois, conventionnel, sénateur, etc. né 1750, mort 1831.

> L. aut. sig., au citoyen d'Hermand, consul général, à Madrid. Paris, 30 floréal an IV. 2 p. pl. et demie in-4.
> Au sujet de l'envoi qu'il vient de faire des cinq cents marcs de platine. Cette nouvelle a été accueillie avec le plus vif intérêt.

460 GRÉGOIRE (Henri), évêque de Blois, conventionnel, érudit, membre de l'Institut.

1° L. aut. sig. au citoyen Delattre, à Abbeville; Paris, 12 brumaire an X, 2 p. et demie in-4.'

Très-intéressante lettre toute relative au concordat.

2° L. aut. sig. au patriote Palloy; Paris, 11 nivôse an III, trois quarts de p. in-4, cachet.

Remerciment de la déclaration des droits de l'homme et de la constitution qu'il lui a envoyée.

461 GRÉGOIRE (Henri). Le même, constituant, conventionnel, évêque constutionnel de Blois, érudit célèbre.

L. a. s. (à un écrivain, son compatriote); Paris, 9 avril 1810, 4 p. pl. in-4.

Il lui rend grâce de l'avoir défendu contre les diatribes des rédacteurs du Journal de l'Empire et de la Gazette de France, à propos de son ouvrage *la Littérature des nègres*. Il fait de ces rédacteurs, sans les nommer, un portrait très-ressemblant. Après avoir préconisé, en 1801, ses *Ruines de Port-Royal*, ils les attaquent aujourd'hui avec fureur. C'est que tout est changé pour eux. Depuis quelques mois, il est l'objet d'une persécution nouvelle, au point que l'on a saisi son *Hist. des sectes religieuses.*

462 GUÉRIN (P.-Narcisse), célèbre peintre d'histoire, membre de l'Institut.

L. aut. sig. à M. Rémond; Rome, 12 juillet 1825, 2 p. in-4.

463 GUÉRIN (le baron Pierre), célèbre peintre d'histoire. *L. a. s.* 1 p. in-8.

464 GUÉRIN (le baron Pierre). *Le même.*

L. aut. sig., à Mme Durandeau. Rome, 21 avril 1825. 2 gr. p. pl. et demie in-4. Cachet. Belle lettre.

465 HALLER (Albert de), anatomiste et botaniste célèbre.

L. aut., sig., en latin, à Caldano, professeur à Padoue; Berne, 11 avril 1773, 1 p. in-4, cachet.

466 HAUY (René-Just), minéralogiste, membre de l'Académie des sciences, né 1743, mort 1822. 2 portraits.

— HAUY (Valentin), son frère, fondateur de l'institution des Jeunes Aveugles, né 1744, mort 1822. (3 *lettres autographes dont 2 signées.*)

Des 2 *premières*, qui sont de *René-Just*, *l'une*, du 14 mars 1810, de *demi-page in-4*, est adressée *à M. Marcel de Serres*, qu'il assure de sa reconnaissance et de celle de ses confrères, en lui adressant la liste des principales productions minérales qui se trouvent en Styrie et en Carinthie; et la *seconde*, *d'une p. et demie in-4* (de 1817), est une *très-jolie pièce*, où il exprime ses regrets de ne pouvoir accepter l'offre que lui fait le ministre d'une place à l'École polytechnique; mais, parvenu à l'âge de 74 ans, avec une santé altérée par des infirmités, il lui est déjà bien difficile de faire face à ses fonctions de professeur au Jardin

du Roi et à l'Ecole normale. Et puis, il s'occupe de la réimpression
de son *Traité de minéralogie*, etc., etc.

La 3ᵉ *lettre*, qui est de *Valentin*, datée du 26 brumaire an VII, et
de 1 *page et demie in-8*, a pour objet de s'excuser sur la maladie de
son fils de n'avoir pu tenir une parole qu'il avait donnée.

467 **HENRI III**, roi de France.

L. s. et contre-signée : *Revol*. Blois, 12 nov. 1588. 1 p. in-fol.

Le roi ordonne que les lettres de don de deux mille écus fait par
lui dès le 7 nov. 1587 au sieur Mandelot, gouverneur et son lieutenant
général en Lyonnais, Foretz et Beaujollais, sont à prendre sur les deniers
provenans du revenu et vente des biens de ses sujets de la nouvelle
opinion, au dedans de la généralité de Lyon, qui n'ont obéi à son édit
de réunion, etc., etc.

468 **HENRI III**. *Le même.*

L. s., et contre-signée : *Brulart*. Blois, 5 janvier 1588. 1 p. in-fol.

Le roi a donné charge au sieur Mandelot, chevalier de ses ordres...
gouverneur et son lieutenant général en Lyonnais, d'employer jusqu'à
la somme de six mille écus en certaines affaires secrètes, etc., etc.

469 **HENRI IV**, roi de France, né 1553, mort 1610.

1° L. a. : *A madame ma mère*. Sans date. 1 gr. p. in-fol. Entièrement
tachée ; elle a été raccommodée en plusieurs endroits, et plusieurs lettres
du commencement de la dernière ligne ont été enlevées. *Portr.*

Cette lettre, d'une forte écriture d'écolier, doit être de 1568 ou
1569. Elle fait allusion à un ouvrage de théologie calviniste que lui
avait envoyé Mᵐᵉ de Tignonville, la gouvernante de la princesse sa
sœur.

2° L. s. (le corps de la lettre nous paraît être de la main de son
secrétaire, Lallier Dupin, qui imitait parfaitement son écriture). Mon-
ceaux, 25 juillet. (Très-probablement vers 1604.) Demi-p. in-fol.

Ces deux lettres sont indiquées par le collectionneur, comme ne fi-
gurant pas dans la publication de M. de Xivrey.

470 **HENRI IV**, roi de France.

L. s. écrite par *Lallier Sʳ Dupin*, son secrétaire, au roi Henri III ;
1 p. in-fol. Belle lettre.

Il profite du départ de son cousin et de sa cousine *Myossens* pour
les charger de renouveler au roi, son *maître*, le témoignage de son
entier dévouement.

471 **HERSENT** (Louis), célèbre peintre d'histoire, membre de l'Institut.

L. aut. sig. à un ami; Paris, 20 mars 1839, 2 p. pl. in-4. Sur la
3ᵉ page se trouve un joli petit dessin au crayon, représentant deux
moines agenouillés.

Il l'entretient d'une collection de quarante miniatures provenant
d'un livre d'heures qui avait appartenu à Etienne Chevalier, argentier
du roi Louis XI, et qui sont la propriété de M. Brentano, négociant
à Francfort. — Excellence de ces peintures qui sont ce qu'il connaît de
plus beau en ce genre. Ces deux figures qu'il lui donne (à la troisième
page) sont, pour ainsi dire, le frontispice de l'ouvrage et représentent

le donataire et saint Etienne, son patron, assistant tous deux à genoux
à une scène religieuse qui se passe sur un plan plus éloigné dans le
même tableau.

472 HISTORIENS, *littérateurs, chansonniers,* etc. 35 lett.
et pièces aut. sig. in-8 et in-4.

Bazin ; Botta (Charles); Bourienne; Désaugiers; Féval (Paul); Fiévée;
Genoude; Granier de Cassagnac; Ginguené ; d'Hozier de Sérigny ;
La Mothe-Langou ; Lancival (Luce de); Le Beau (Ant.); Leclercq
(Théod.); Malitourne; Saint-Hilaire (Emile Marco de); Martainville;
Masson (Michel), deux lett. ; Mély-Janin ; Mennechet: Monmerqué;
Monteil ; Morellet (l'abbé), aut.; Parny, trois lignes aut. découpées;
Pain ; Paris (Paulin); Planard ; Pradt (l'abbé de) ; Saint-Alais ; Salgues ;
Stassart (le baron de) ; Véron (le docteur); Vidocq. — Bon lot.

473 HOCHE (Lazare), illustre général en chef des armées
de la République.

L. sig. au général Duhesme ; quartier-général de R anes, 7 ventôse
an III, demi-p. in-fol., tête impr. et vig.

474 HOCHE (Lazare). *Le même.*

L. aut. sig. à M. Hoche, son frère, à Paris. Quartier-général de
Vire, le 29 fructidor an II. 1 p. in-4. Tête impr. Vignette. Cachet en
cire rouge.
Il peut le rejoindre, et qu'il apporte le papier que lui a donné Pille ;
ils le rempliront. Il le remercie des soins qu'il a prêtés à son amie
(sa maîtresse). « Si tu es à Paris, témoigne-lui combien je suis sensible
« à ses maux, et que je l'aime bien. »

475 HOMMES D'ÉTAT français. 11 lett. et pièces.

Loménie. Pièces sig. 1651. 1 p. in-fol.— Louvois. Pièce sig. (parch.).
1683. — Maret, duc de Bassano. L. a. s. 1 p. in-4. — Massa (Ré-
gnier (duc de). 2 lett. et pièces sig. 1808 et 1813. 3 p. in-fol. —
Merlin (de Thionville). L. a. s. an VII. p. in-4. — Montalivet, père,
L. sig. 1812. 1 p. in-4. *Portr.* de son fils. — Montbel. L. sig. 1830.
1 p. in-4. — Necker. L. s. 1780. Demi-p. in-fol. — Richelieu (le
duc de). L. sig. 1821. 1 p. in-fol. *Portr.*— Turgot. L. sig. 1740. 2 p.
in-4.

476 HOMMES D'ÉTAT français. 14 lett. sig. et aut. sig.

Aligre (Etienne). L. sig., sig. aussi par Barrillon. 1649. 1 p. in-4.
— Argout. L. sig. 1833. 1 p. in-fol. — Boissy d'Anglas. L. a. s.
1826. 1 p. in-8. *Portr.* — Broglie (duc de). L. sig. 1833.
In-fol. — Cambacérès. L. sig. 1806. In-4. — Carnot. L. sig. 1815.
2 p. in-fol. *Portr.* — Courtin (Antoine de). L. sig., sig. aussi par Barrillon. 1674. 1 p. in-fol. — Duperré (l'amiral). L. sig. 1835. 1 p.
in-fol. *Portr.* — Fleury (le card. de). L. sig. 1741. 1 p. in-4. —
Hemery. (d'). L. a. s. 1645. 1 p. in-fol. — Fouché. L. sig. an IX.
1 p. in-4. — Foucquet (Nicolas). Pièce sig. (parchemin). 1651. *Portr.*
— Cessac (Lacuée, comte de). 1808. 1 p. in-fol.— La Rochejaquelein
(le marquis de). 1 p. in-8.

477 **HUET** (Daniel), le savant évêque d'Avranches, membre
de l'Acad. fr.

L. aut. sig. à Mgr (Bossuet) ; à l'abbaye d'Aunay, 20 juillet, 1 p.
et demie in-4.
Le titre de savant dont Bossuet l'a honoré lui est une espèce de
reproche dans la vie qu'il mène, si peu propre à l'étude et si différente
de sa vie passée. « Je la regretterois, si j'écoutois la voix de la nature
et mon inclination. Mais je ne dois écouter que la voix de Dieu, et
après avoir donné tant de tems à des estudes profanes, donner celuy
qui me reste au service de Dieu et au salut des âmes dont il m'a
confié le soin... »

478 **HUGO** (Victor), de l'Académie française.

Trois lett. et bill. aut. sig. : *H.* (*Victor*) et *V. Hugo*, à divers, 3 p.
in-12 et in-8.

479 **HUMBOLDT** (Frédéric-Henri-Alex., baron de), voya-
geur, naturaliste, né 1769, mort 1859. (4 *lettres ou
billets autographes signés.*)

1º *Lettre* datée de Francfort, 8 août 1816. *Une page in-4.* Envoi
de sa traduction en allemand de l'Agamemnon d'Eschyle.
2º 3 *billets* non datés. *In-12.*
Invitation. Recommandation pour un Espagnol qui possède une
superbe collection de médailles celtibériennes, etc.

480 **HUMBOLDT** (Alexandre de), savant célèbre.

1º L. aut sig., à M... samedi. 1 petite p. in-18.
2º Notes statistiques a. s. (en allemand), sur la population de l'A-
mérique du Sud. 2 p. in-8. Enveloppe aut. avec cachet. Curieuse pièce.

481 **INGRES** (Jean-Auguste-Dominique), peintre d'histoire,
élève de David, membre de l'Institut, né 1781, mort
1867.

1º L. aut. sig. à M. le chevalier Belloc, ministre de France, à Florence. Rome, 22 janvier 1835. 1 p. in-4. Belle lettre.
Remercîments pour l'obligeante et gracieuse réception dont il l'a
honoré à Florence. Eloge de MM. La Tour-Maubourg et de Talle-
nay .. « On est heureux et fier d'être appelé à représenter la France
« avec de pareils hommes. »
2º L. aut. sig., à Pradier... 1 p. in-8.
3º Note aut. Demande de couleurs.

482 **JACQUEMONT** (Vict.), natur. et voyag., né 1801,
mort 1832.

L. aut., à M... Montagne de Cachemyr, 31 juillet 1831. 1 p. in-8.
Certifiée par son frère, P. Jacquemont.

— JACQUEMONT (P).

L. aut. sig., à Madame... Paris, 6 mars 1841. Demi-page in-8.
Envoi de la lettre qui précède.

— JACQUEMONT-DONJON.

L. aut. sig. St-Omer, 2 fruct. an XII, 1 p. in-4.

— HUMBOLDT (le baron Alexandre de).

L. aut. sig. 2 p. in-4.

483 JASMIN, poëte célèbre dans l'idiome languedocien, coiffeur à Agen.

L. aut. sig., à M... Agen, le 6 oct. 1836. 1 p. in-8.
Il accepte avec reconnaissance le bouquet d'honneur qu'il lui offre en tête de son inspiration musicale.

484 JEAN BON SAINT-ANDRÉ, député du Lot à la Convention, célèbre par ses missions en Bretagne.

1° L. aut. sig. à son collègue Saliceti; Port-la-**Montagne**, 24 thermidor an II, 1 p. in fol., tête impr. et vignette.
Il lui est impossible d'être tranquille dans la position où il se trouve, vu qu'il est évident que le général de l'armée d'Italie est un coquin, et que les officiers qu'il vient d'envoyer depuis peu pour commander cette place sont pour le moins des hommes ineptes, pour ne rien dire de plus.
2° L. aut. sign. : Mayence, 1813; trois quarts de p. in-4.

485 JOSEPH II, empereur d'Autriche, né 1741, mort 1770.

L. sig., contre-signée *Colloredo* et Jean-Georges *Reizel*, au magistrat de Ratisbonne. Hermanstadt, 12 juillet 1773. 2 p. in-fol. Grand sceau.

486 JOSEPH II, empereur d'Allemagne.

L. sig. au génér. Palfi; Vienne, 13 nov. 1786, demi-p. in-4.

487 JOURDAN (J.-B.), général en chef, le vainqueur de Fleurus, puis maréchal de France.

L. aut. sig. à Kléber; Simeren, 20 germinal an III, 1 p. et demie in-fol., tête impr. et vignette.
Il lui conseille de se rendre immédiatement à l'armée du Rhin et de Moselle et de prendre le commandement jusqu'à l'arrivée de Pichegru. Cette armée a besoin d'un chef. « Je sais bien qu'il n'est pas agréable de prendre le commandement d'une armée qui a tant souffert que celle-là... mais, mon camarade, il faut sacrifier son amour-propre à sa patrie, et faire tout son possible pour réparer les fautes des autres... »

488 KLÉBER (J.-B.), illustre général en chef de l'armée d'Egypte, né à Strasbourg, assassiné au Caire.

L. aut. sig. à Marceau; 28 ventôse an III, trois quarts de p. in-4. vignette.
Il reçu l'ordre du Comité du salut public de retourner à l'armée de Sambre-et-Meuse. — « Remue-toi, le ciel et la terre, pour ne pas la quitter... »

489 LACASSAIGNE (Martin de), évêque de Lescar.

L. aut. à M... Lescar, 16 février 1726. 2 p. in-4.
Relative aux protestants convertis. Il a reçu la lettre dont il lui a plu de l'honorer au sujet de l'éclaircissement que Sa Majesté et Son Altesse Sérénissime exigent sur les personnes de son diocèse nouvellement converties qui ont des pensions et des gratifications, « sur quoy, mon·

« seigneur, iaurois l'honneur de vous dire que i'auois deux pension-
« naires dans mon diocese qui sont décédées en odeur de sainteté,
« une des demoiselles de Salles qui étoit chés les filles Ursulines de la
« ville de Pau, lautre Marguerite Rapillard qui est pareillement morte
« chés les dames de Lunion chrétienne dans des dispositions très saintes
« et très édifiantes... »

490 LA CHALOTAIS (L.-René de CARBDEUC de), procureur au Parlement de Bretagne, illustre et infortuné
magistrat, promoteur de l'expulsion des jésuites.

L. aut sig. à M...; Saintes (lieu de son exil). 16 nov. 1772, 2 p.
in-4.

Il parle de ses affaires, qui sont en mauvais état, et annonce que
la vente de ses terres a été affichée. Il a l'intention de tout liquider et
de vendre lui-même jusqu'au dernier sillon de ses terres. « Je sçai
bien que mes ennemis ne cherchent qu'à me ruiner et à me mettre le
pied sur la gorge, mais je ne puis croire que vous veulliez servir leur
haine... »

491 LACORDAIRE (H.-Dom.), célèbre prédicateur, de
l'Acad. fr.

L. a. s.; Sorèze, 18 nov. 1855, trois quarts de p. in-4, relative à sa
notice.

492 LACORDAIRE.

L. aut. sig. à M. Dagalle; *Oullins*, 18 août 1859, 1 p. pl. in-4.

493 LACÉPÈDE (le comte de).

L. aut. sig., à son ami... 11 messidor... 1 gr. p. pl. in-4.
Il a lu sa dernière lettre entre sa femme, son fils et son ami ; combien
de douces larmes n'ont-ils point versées! « Que nous avons partagé
« vivement l'enthousiasme des Parisiens pour notre Bonaparte, et cette
« admiration reconnaissante dont nous avons vu partout des témoignages
« multipliés ! La gloire du premier consul, ses principes et notre cons-
« titution augmentent chaque jour, dans les départements que nous
« avons parcourus, le nombre des amis de la république... »

494 LACUÉE (J.-Gérard), comte de Cessac, général de division, habile et intègre ministre de Napoléon, membre de l'Acad. fr.

L. aut. sig., au duc d'Otrante ; Paris, 22 août 1816, 1 p. in-fol.
Protestations de dévouement à la famille des Bourbons, et demande
d'un siége à la Chambre des pairs.

495 LA FAYETTE (le général, marquis de), né 1757,
mort 1834.

1° Minute aut. (avec des ratures) d'un ordre au commandant en
second de la garde nationale. 14 novembre 1789, 1 p. in-4.
Relatif aux troubles du 10 novembre; en rechercher les auteurs.
2° L. sig., à M. Berthier, commandant de la garde nationale de
Versailles. Paris, 24 août 1790. 1 gr. p. pl. et demie in-fol.
Il ne s'étonne pas que les ennemis de la Constitution, de l'Assemblée nationale et du roi, cherchent à troubler la tranquillité publique, et à semer la division parmi eux; mais il s'étonnerait que la
garde nationale de Versailles et les régiments qui sont dans cette ville

fussent dupes des bruits que l'on cherche à répandre. Il s'est fait aussi des tentatives à Paris, mais elles ont été infructueuses, et l'on compte vraisemblablement essayer à Versailles ce que le patriotisme et l'union qui règnent à Paris ont jusqu'à présent fait avorter...

496 LA FAYETTE (le général, marquis de), né 1757, mort 1834.

1° L. sig., à Messieurs les chefs des districts de la ville de Paris. Paris, 23 juillet 1789. 1 p. in-4.

Il leur envoie copie (c'est la pièce qui suit) d'une lettre que sa conscience et sa délicatesse l'ont forcé d'écrire à M. le maire de la ville. Il a pris aujourd'hui toutes les précautions qui dépendent de lui, et les supplie de veiller avec la plus grande attention à celles qui assurent la tranquillité dans leur district.

2° L. sig. (duplicata), à M. Bailly, maire de Paris. Paris, 23 juillet 1789. 2 p. in-4.

Appelé par la confiance des citoyens au commandement militaire de la capitale, il n'a cessé de déclarer que, dans la circonstance actuelle, il fallait que cette confiance, pour être utile, fût entière et universelle. Il n'a cessé de dire au peuple, qu'autant il était dévoué à ses intérêts jusqu'à son dernier soupir, autant il était incapable d'acheter sa faveur par une injuste complaisance. « Vous savez, monsieur, que des deux « hommes qui ont péri hier, l'un étoit placé sous une garde, l'autre « avoit été emmené par nos troupes; et tous les deux étoient destinés « par le pouvoir civil à subir un procès régulier : c'étoit le moyen de « satisfaire à la justice, de connoître les coupables, les complices, de « remplir les engagements solennels pris par tous les citoyens envers « l'Assemblée nationale et le Roy. — Le peuple n'a pas écouté mes « avis, et le jour où il manque à la confiance qu'il m'avoit promise, je « dois, comme je l'ai dit d'avance, quitter un poste où je ne puis plus « être utile. »

497 LA FAYETTE (le général, marquis de). *Le même.*

L. aut. sig., à M. Pougens. La Grange, 5 prairial. 1 gr. p. pl. in-4. Cachet. Belle lettre.

498 LA FAYETTE (le général, marquis de).

1° L. aut. sig., à M. de Caux. La Grange, 9 août 1814. 1 p. in-4. — 2° L. aut. sig. 14 juillet 1826. — 3° Billet aut. sig. 1820.

499 LA FAYETTE (le général, marquis de). *Le même.*

L. aut. sig., à M. le duc de Dalberg, à Paris. La Grange, 14 juin 1827. 1 p. in-4.

500 LAMARTINE (Alphonse de), de l'Académie française.

L. aut. sig., à M. Blanqui, professeur d'économie politique au Conservatoire des arts et métiers. Paris, 17 avril 1836. 2 p. in-8.

Il s'occupe lui-même, depuis bien des années, de résoudre en vérités d'application les autres vérités morales et sociales qui doivent se réaliser en économie politique. Mais il n'est qu'un écolier. Son suffrage est un de ceux qui pouvaient le flatter le plus, car il est celui d'un maître.....

501 LAMARTINE.

1° L. aut. s., 1 p. in-8 ; 2° *Réplique à M. Guichard*, relative à l'intervention de Civita-Vecchia, 4 p. in-8.

502 LA MENNAIS (l'abbé de), célèbre publiciste, né 1781,
mort 1854.

> Préface a. de son *Livre du Peuple*. Deux p. et tiers à mi-marge in-4.
> « En passant sur cette terre, comme nous y passons tous, pauvres
> « voyageurs d'un jour, j'ai entendu de grands gémissements ; j'ai ouvert
> « les yeux, et mes yeux ont vu des souffrances inouïes, des douleurs
> « sans nombre : pâle, malade, défaillante, couverte de vêtements de
> « deuil parsemés de taches de sang, l'humanité s'est levée devant moi;
> « et je me suis demandé : Est-ce donc là l'homme ? est-ce là lui tel que
> « Dieu l'a fait ? et mon âme s'est émue profondément, et ce doute l'a
> « remplie d'angoisse... » Il termine ainsi : « Le peuple qui languissoit
> « dans les ténèbres a vu une grande lumière, et la lumière s'est levée
> « sur ceux qui étoient assis dans la région de l'ombre de la mort. »

503 LAPÉROUSE (J.-F. GALAUP de), notre illustre et infortuné navigateur.

> Pièce de 4 lig. aut. sig. ; à bord de la *Boussole*, Brest, 18 juillet
> 1785, 1 p. in-8 oblong.

504 LAPLACE (P. Simon), grand géomètre, de l'Académie
française.

> L. aut. sig. à M. Lesage, à Genève; Paris, 27 mars 1785, 3/4 de
> p. in-4. Pièce montée.
> Envoi d'un exemplaire de son ouvrage sur *la Figure des planètes*.

505 LAPLACE (Pierre-Simon, marq. de), illustre géomètre,
membre de l'Acad. franç.

> Pièce aut. sig., sig. aussi par *Lagrange* et *M.-J. Chénier; Paris, 4
> vent. an VII, 3/4 de p. in-4.
> Membres du jury des écoles centrales de la Seine, ils proposent,
> pour l'Ecole polytechnique, Bouillon comme professeur de physique en
> remplacement de Saussure, et Vincent, peintre, pour la chaire de des-
> sin, à la place de Bouillé.

506 LEBEAU (Charles), l'historien du Bas-Empire, secrétaire perpétuel de l'Acad. des inscriptions.

> L. aut. sig. à M. de La Tour, libraire et imprimeur ; 26 mars 1776,
> 1 p. in-4, cachet.
> Très-jolie lettre de remerciments de l'envoi d'un ouvrage de l'abbé
> Brotier (l'édition de *Tacite*). « C'est, dit-il, un des plus magnifiques
> ouvrages de notre siècle. »

507 LEBEAU (Ch.), l'historien du Bas-Empire, membre de
l'Acad. des inscriptions.

> Aut. sig. en latin à Vincent Camille Alberto. 18 mai 1768.

508 LATUDE (Henri Masers de).

> *Première feuille ou feuillet du mémoire que j'ay envoyé à M. de Sar-*
> *tine, lieutenant général de police du donjon de Vincennes* (le second
> suit), aut. d'une écriture fine et serrée sur deux morceaux de papier
> bulle, arrondis, servant à couvrir son pot à tabac (en tout 4 p. pl.).
> Ces quatre pages, comme les huit qui précèdent, sont remplies d'im-
> précations contre M. de Sartines. Il rappelle les différents projets éco-

nomiques qu'il a exposés, sa longue détention, les souffrances qu'il
endure, l'exécution de plusieurs criminels d'Etat (Henri de Marle,
grand chancelier de France, Enguerrand de Marigny, Saint-Pol, con-
nétable de France et beau frère de Louis XI) qui étaient moins criminels
que Sartine...« Hé toi, barbare Sartine, peux-tu croire qu'on te par-
« donnera d'avoir volé mon bien? Mais c'est bien m'avoir volé mon
« bien, que de m'avoir pillé l'article des provisions de blés qu'on m'a
« dit que pour t'en récompenser le Roy t'avoit fait conseiller d'Etat, de
« plus, en étouffant en entier mon projet des abondances qui m'auroit
« fait certainement une fortune très-considérable. Cœur de rocher,
« n'aurois-tu pas du moins tenté quelque accommodement avec moy ?
« Barbare, je te l'aurois donné pour ma chère liberté, et un de mes
« yeux sur le marché. Parbleu ! tu as une âme bien basse, bien avare,
« de voler un pauvre malheureux prisonnier, et, non content de cela,
« pour mieux cacher ton larcin, tu as pris l'horrible résolution de me
« faire mourir à petit feu entre quatre murailles. Hé ! n'as-tu pas peur,
« misérable, que le grand diable d'enfer vienne te dévorer ton cruel
« cœur, au milieu de ta femme et de ton fils? Mais si tu ne crains
« pas le diable, tu devrois craindre au moins le bourreau de Paris. Mais
« voyons, n'y a-t-il que ce forfait à te reprocher. En voici bien d'au-
« tres. Entrons en matière. Tous tes commis, et les officiers de la Bas-
« tille, et ceux du donjon de Vincennes, n'ignorent pas, non plus que
« toy, la cause de ma détention, et par conséquent il est inutile que je
« la mette ici. Mais je sais très-certainement qu'à la mort de la mar-
« quise de Pompadour ma partie, un très-honnête homme, et le
« meilleur de tes amis, vint te trouver, et qu'il te dit : Monsieur, voilà
« la loy du Royaume ; par son autorité vous devez rendre sur le champ
« la liberté à tous les prisonniers de la marquise de Pompadour. Nota :
« Voici ta réponse : « Qu'est-ce que cela vous fait, à vous? cela ne vous
« regarde pas.» Eh ! tu crois, misérable, que sur-le-champ, tous tes com-
« mis, et tous les officiers des prisons royales, ne s'apperçurent pas
« que tu t'étois laissé corrompre par les sens du marquis de Marigny ?
« Tizon d'enfer, tu t'abuses, toi seul, car il n'y avoit pas un mois et
« demi que la Pompadour étoit morte, que presque tous les jours je
« faisois monter les officiers de la Bastille dans ma chambre et je leur
« disois : Hé bien, messieurs, vous m'avez dit plus de mille fois d'avoir
« patience, et qu'au premier changement de maîtresse ma liberté me
« seroit rendue, etc. »

509 LE BRUN (Ponce-Denis Ecouchard), poëte lyrique,
membre de l'Institut.

Ode, chant d'un Philantrophe pendant les horreurs de l'anarchie.
14 strophes de 4 vers aut. 4 p. pl. in-4.

510 LEBRUN TONDU (P.-Henri-Marie), ministre des affaires étrangères, membre du Conseil exécutif, qui si-
gnifia à Louis XVI, conjointement avec Garat et Grou-
velle, son arrêt de mort, décapité en l'an II.

L. aut. sig. au ministre; Paris, 22 janvier 1773, lendemain de l'exécution de Louis XVI, 1 p. pl. in-fol.
Il mande qu'il porte plainte contre l'évêque de Paris Gobel pour sa
mauvaise organisation, et en outre que la Convention a décrété qu'elle
assisterait tout entière aux funérailles de Lepelletier-Saint-Fargeau.

511 LEIBNIZ (Godefroy-Guill.), l'une des plus vastes intelligences du XVIIᵉ siècle.

Belle lettre. aut. sig. en latin ; Vienne, 15 mars 1713, 1 p. pl. in-8.

512 LÉOPOLD II, empereur d'Autriche, né 1742, mort 1792.

L. avec la souscription de trois lignes aut. sig. (en italien), à son frère, l'empereur d'Autriche. Florence, 9 mai 1769. 1 gr. p. in-4.
Il lui annonce la naissance de son second fils.

513 LÉOPOLD II, empereur d'Allemagne.

L. sig. ; Vienne, 14 sept. 1791, 1/2 p. in-4.

514 LHOMOND (Charles-François), professeur émérite à l'Université de Paris. Enfermé en 1792, il fut rendu à la liberté par Tallien, son ancien élève. Né à Chaulnes en 1727, mort en 1774.

L. aut. sig. : *Lhomond, professeur au collége du cardinal Lemoine, rue Saint-Victor*, à **M.** Mignon, procureur au Parlement, à Paris. Mercredi 16 novembre. 1 p. et demie in-4. Cachet en cire rouge. *Très-rare.*
Il a reçu une lettre de M. Le Bègue, un de ses clients, qui lui marque qu'il lui doit ; il le charge de l'aller voir et de lui faire des offres de sa part.

515 LOUIS XII, roi de France.

Ordonnance de payement sig. et contre-signée *Robertet*. Blois, 1513. Pièce sur parch.
Louis XIII, roi de France. Ordre signé et contre-signé *Brulart*, à M. du Maigne, de licencier les compagnies du régiment qu'il a levé pour son service et d'en faire ployer les drapeaux, tenant la main que chaque capitaine renvoie ses soldats séparément quatre à quatre ou six à six au plus, sous peine d'être courus et châtiés... Blois, 25 avril 1626. 1 p. in-fol. *Portr.*

516 LOUIS XIV, roi de France, né 1638, mort 1715.

L. sig. et contre-signée : *Le Tellier*, à M. le comte de Broglio, gouverneur d'Avesnes. Du camp de Besançon, le 22 mai 1674. 1 p. in-fol. *Portr.*
Ordre de faire chanter un *Te Deum* pour la prise de Besançon sur les Espagnols, et d'y joindre toutes les marques possibles de réjouissance publique.

— Louis XV, roi de France.

Ordonnance de payement sig. et contre-signée Phélipeaux. Versailles, 1ᵉʳ février 1771, 1 p. in-fol. *Portr.*

517 LOUIS-PHILIPPE Iᵉʳ, roi des Français, né 1773, mort 1850.

1° L. aut., à M. de Dolomieu. Jeudi soir, 31 oct. 1822. 1 p. in-8.
Il lui envoie le catalogue de M. Barbier-Neuville, d'abord pour son amusement, ensuite pour préparer l'acquisition de quelques livres. Il espère qu'il voudra bien lui donner son avis sur les nombreuses mar-

ques qu'il y a faites... Ils vérifieront ensuite ce qui pourra se trouver dans sa bibliothèque.

2° L. close sig. et contre-sig., *Montalivet*. 1838. 1 p. in-4. 1 *portr.*

518 LOUIS-PHILIPPE, roi des Français.

L. aut. sig. à M. de Broval; Paris, 6 avril 1825, 1/2 p. in-4. Il lui annonce qu'il a fait choix de M. Trognon pour être attaché à l'éducation de ses fils, et que celui-ci doit être porté comme tel sur l'état de sa maison pour 5000 fr. d'appointements.

519 LOIZEROLLE (J.-Simon AVED de), lieutenant du bailliage de l'Arsenal, qui s'est rendu à jamais célèbre dans les fastes de l'amour paternel en montant sur l'échafaud pour son fils, en 1794.

L. aut. sig. à M. Target; Paris, 30 avril 1784, 1 p. in-4. *Rare.*

520 LOUVERTURE (Toussaint), le célèbre défenseur de Saint-Domingue contre les Français.

L. sig. au cit. Vincent, directeur des fortifications de Saint-Domingue; le Cap, 6 juin 1798. 7 p. 1/4 in-fol., tête impr.

Relative à l'arrivée du général Hédouville comme commissaire de la République à Saint-Domingue. Toussaint-Louverture se défend des projets ambitieux qu'on lui prête, exprime son attachement à la métropole, expose tout ce qu'il a fait pour ramener l'industrie et la paix dans la colonie, et en chasser les Anglais. Il s'élève avec force contre Santhonax, qu'il a dû éloigner pour éviter de grands malheurs.

521 LOUVOIS (Fr.-Michel Le Tellier, marquis de).

Dix lett. sig. adressées à M. Grésillement. Versailles, 1687 et 1688. 13 p. in-fol.

Relatives à des désertions de soldats, à des duels, au pain des soldats, etc. Il dit dans celle du 27 juillet 1687 : « Le pain que l'on four-« nit à Mont-Royal continue à être si mauvais que cela ne se peut pas « soutenir davantage, n'estant jamais cuit et y ayant de la terre meslée « dans la farine. Les plaintes continuelles que j'en ay reçues m'ont « porté à en faire venir que j'ay trouué de la meschante qualité que « l'on m'avoit mandée... » Mesures à prendre pour faire cesser cet abus...

522 MAIRAN (Jean-J. Dortous de), savant physicien, membre de l'Académie des sciences, né 1678, mort 1771.

Plusieurs reçus aut. sig. sur une note de livraison pendant l'impression de plusieurs exemplaires (300) d'un de ses livres. 1776. 1 gr. p. in-fol.

523 MALESHERBES (Lamoignon de).

L. aut. sig. à Beaumarchais; Paris, 31 décembre 1790, 2 p. in-4. Interlignée.

Très-curieuse lettre. — Il s'étonne d'avoir été choisi depuis trois ou quatre ans pour le plastron de sa mauvaise humeur. Il ne doit cependant pas douter qu'il le connait parfaitement depuis quinze ans, puisqu'il a fallu, comme avocat, qu'il prît connaissance des fâcheuses

affaires dans lesquelles il était impliqué pour chercher le moyen de
l'en tirer. — « Puisque vous m'avez obligé de vous dire ma façon de
penser en termes si clairs, vous sentez aussi qu'il ne peut plus y avoir
de relation entre vous et moi. Ne vous donnez donc plus la peine de
m'écrire, non-seulement je ne vous répondrai pas, mais je ne lirai pas
vos lettres... »

524 MANDELOT, gouverneur du Lyonnais.

1° Quatre pièces officielles concernant l'administration du sieur Mandelot, gouverneur du Lyonnais, 1580, 1581 et 1582. Ensemble, 8 p.
in-fol.

2° MANDELOT (Théodore de). Pièce aut. sig. Lyon, 19 juin 1586.
Tiers de page in-fol.

525 MANSART (Jules Hardouin, dit), premier architecte
de Louis XIV, né à Paris 1645, mort 1708.

L. sig., à M... 8 mai 1699. 1 p. in-fol.
LAVERDET. XXXIᵉ Catalogue.

526 MANUEL (Pierre), procureur de la commune de Paris,
membre de la Convention, fameux par sa haine contre
les prêtres et la royanté, décapité en 1793.

1° L. aut. sig. à MM..., 1 p. in-4, tête impr.
Violente sortie contre Gorsas, qui s'est permis des injures contre des
citoyens. « Je vais mander M. Gorsas : et il m'empêchera, j'espère,
par des regrets et une rétractation, d'employer contre lui d'autres moyens
que ceux de la raison... »

2° L. aut. sig. aux mêmes; 1790, 1 p. pl. in-4.
Relative à un libelle du sieur Weber qui vient d'être condamné par
le tribunal de police. « Rien de plus funeste que des libelles, comme
les *Etrennes aux grisettes*. J'ai vu des mères inquiètes pleurer sur
l'honneur de leurs filles, qu'elles n'ont peut-être pas mérité de
perdre... »

527 MANUEL (Louis-Pierre), procureur de la commune de
Paris en 1792, conventionnel, né 1751, mis à mort
1793.

L. aut. sig., comme administrateur de la police, à MM... Sans date.
2 p. in-4. Tête impr. Vignette.
Curieuse lettre au sujet de la saisie qui a été faite de la presse du
sieur Pain, au Palais-Royal. Il leur fait observer avec courage que cette
saisie n'est point dans les principes. On ne peut entrer dans la maison
d'un citoyen sans un ordre et un ordre de la loi. Tout est perdu si chaque *patrouille* administre : « L'arbitraire nous fait plus de mal pres-
« que que le despotisme, et rien ne m'afflige comme ces *contrefaçons*
« de l'autorité... Puis-je vous prier, messieurs, de lever vous-mêmes ces
« scellés? Ce sera une grâce dont vous aurez le mérite. Entre nous,
« que feriez-vous au libraire qui le briserait ? Il n'y a que les scellés de
« la loi qui sont sacrés. Vous pensez que je suis trop prudent pour dé-
« velopper ces maximes à ceux dont l'ignorance nous est utile. »

528 MANUEL (Pierre), procureur de la commune.

L. aut. sig. au citoyen Guffroy, membre du Comité de sûreté générale ; à l'Abbaye (1793), 2 p. pl. in-8.
« C'est au citoyen Guffroy, qui paraît avoir le plus de prévention

contre moi, que je recommande d'examiner toute ma vie : il mérite
de voir qu'on l'a trompé. Si jamais il avait autant d'ennemis que moi,
il verrait comme les réputations se perdent... Ce qui m'a le plus affligé
dans ma disgrâce, c'est l'idée qui a été répandue que j'avais trafiqué de
ma conscience. Eh bien, citoyen, je suis aussi pauvre que jamais, et
j'ai quarante ans; ma fortune n'a jamais été de plus de 1200 livres de
rentes viagères... Je vous proteste, citoyen, que je n'en ai jamais été
moins bon républicain. Je l'étais jusque sous les verrous de la Bastille,
où je combattais déjà les rois et les prêtres. »

529 MANUEL (Jacques-Antoine), avocat, député, exclu
de la Chambre en 1823, né 1775, mort 1827.

L. aut. sig., au colonel Brack. Sans date. 1 p. petit in-8. Quatre
portr.

Relative à une maison, rue des Martyrs, que Béranger et lui ont
envie de louer... Béranger ne paye, pour son logement actuel, rue des
Jeuneurs, que 250 francs, et ne voudrait pas excéder 300...

— LAGRANGE (Charles), l'un des chefs de l'insurrection de
Lyon en 1834. Représentant du peuple en 1848. Mort
en 1858.

1° L. aut. sig., à M. Charles Blanc. 1 p. in-8. — 2° L. aut. sig., à
M. Séguin. Conciergerie, samedi. 1 p. in-8, avec le cachet de la maison de justice du département de la Seine. — 3° Laisser-passer pour le
service de la mairie de Paris, sig. par l'aide de camp de service Rey,
pour le général Lagrange. Petit in-12 impr. *Portr.*

530 MANZONI (Alexandre), poëte italien.

Pièce de six vers aut. (en italien). Tiers de page in-4.

— BALOCHI (Louis), poëte italien.

L. aut. sig., à M. Renouard. Paris, 2 ventôse an X. 1 p. in-4.
Au sujet d'une traduction en italien qu'il se propose de faire du
Mérite des femmes de Legouvé, etc.

531 MARCEAU (Fr.-Séverin DESGRAVIERS), illustre général
en chef des armées de la République, mort glorieu-
sement à Alterkirchen en 1796.

L. aut. sig. au général Kléber ; quartier-général de Coblentz
27 vendémaire an IV, demie p. in-fol., vignette.

« L'ennemi, dit-il, fera ses efforts pour reprendre l'Isle. Je crois
même que dans ce moment il l'attaque vigoureusement : fais-y porter
des secours, sans quoi nous la perdrons. »

532 MARIE DE MÉDICIS, reine de France.

Lettre circulaire sig., sur vélin, au sieur Lesqueville-Bouchard : Angers, 28 juill. 1620, in-fol. Pièce dont l'écriture est un peu effacée en
quelques endroits.

Ordre de lever cent hommes de pied, des plus vaillants, pour se
joindre aux troupes réunies par la reine pour délivrer le roi des *ambitieux* qui l'entourent. (La reine, alors retirée à Angers avec ses par-
tisans, au nombre desquels était Richelieu, avait levé contre Louis XIII,
son fils, l'étendard de la révolte.)

533 MARIE-THÉRÈSE, dite *la Grande,* impératrice
d'Allemagne.

L. sig., en italien, sig. aussi de plusieurs membres de son conseil,

au comte d'Abbensperg, capitaine-général de Milan ; Vienne, 22 oct.
1740, 2 p. in-fol., trace de cachet.

Elle lui mande la mort de son père (l'empereur Charles VI), et lui
donne des ordres détaillés et pressants pour faire célébrer, en grande
pompe, un service funèbre par tout le clergé de la Lombardie autri-
chienne.

534 MARIE-THÉRÈSE, impératrice d'Allemagne.

L. sig. (en allemand), au prince Nadasti. Vienne, avril 1747. 4 p.
in-fol. Enveloppe avec cachet.

535 MARS (Mlle), illustre artiste de la Comédie-Française.

L. aut. sig., à son camarade Féréol. Sans date. 3 gr. p. pl. et demie
in-8.

Lettre très-intéressante au sujet de la représentation de retraite de
Desmousseaux... « Si nous faisons de la bouillie pour les chats, ce ne
« sera pas votre faute, mais bien celle de notre ineptie... Si mon parti
« de ne plus reparaître n'avait pas été pris irrévocablement, Desmous-
« seaux est le seul de tous les comédiens auquel j'aurais cédé dans cette
« occasion. Je ne vous dirai pas que j'ai refusé beaucoup d'engage-
« ments très-fructueux et très-tentants, ce qui ne signifie rien, car
« j'aurais fait pour lui ce que je n'aurais pas fait pour mon intérêt de
« fortune... » Sa carrière théâtrale a commencé et s'est continuée d'une
manière si peu ordinaire, qu'elle ne peut pas finir comme tout le
monde, et puis, pourquoi irait-elle mettre sa tête dans un guêpier ?
Ce serait une action toute de cœur qu'elle ferait, et on lui prêterait un
tout autre motif. « Non, je suis, grâce au ciel, hors de ce gouffre, et n'y
« mettrai plus même le bout de mon nez, parce que, tout gros qu'il est
« j'y tiens, et je ne veux pas qu'on l'égratigne... »

536 MÉDECINS, *chirurgiens.* 21 lett. et pièces sig. et a. s.

ALIBERT. — ALLETZ, 2 lett. — CORVISART. — DARCET. — DESAULT,
1793. — FAYE. — FOURCROY, 1789. — GALL. Consultation sig. 1813,
1 p. et demie in-fol. — GILBERT, 1787. — HUSSON. — LAMAYRAN,
1808. — LENDORMY, 3 lett. — MARJOLIN. — PARISET. 2 lett. —
PORTAL, 2 lett. — THIBAULT, 1792. — Très-bon lot.

537 MÉDECINS. (8 *lettres ou pièces autographes signées.*)

— LEROUX (Jean-Jacques), né 1749, mort 1832.

1 *page in-4*, du 17 novembre 1821, à l'architecte Peyre, relative-
ment à la proposition qu'il a faite de se charger de l'exécution d'un
monument à la mémoire du *jeune docteur Mazet*, mort victime de son
dévouement à Barcelone. (*Portrait.*)

— PERCY (Pierre-François, baron), né 1754, mort 1825.

1 *page in-4*, du ... Il recommande un de ses neveux, élève du pry-
tanée de Saint-Cyr, pour qu'il y soit maintenu, ou au moins placé au
lycée de Versailles. (2 *portraits.*)

— DESGENETTES (René-Nicolas Dufriche, baron), né 1762,
mort 1837.

1 *page in-8*, du 19 juin 1834. « ... Vous voyez, Monsieur, qu'il est
« arrivé un fâcheux accident... Un jeune chien très-badin s'est jeté sur
« mon œuvre... » (*Portrait.*)

— Larrey (Dominique-Jean, baron), né 1766, mort 1842.

> 3 *pages et demie in-4*, du 10 février 1833. Minute d'un discours prononcé par lui sur la tombe du baron Dupuytren. (*Portrait.*)

— Pelletan (Philippe-Jean), né 1752, mort 1829.

> *Demi-page in-4*, du 27 floréal an V. Certificat délivré, en qualité de chirurgien en chef du *grand hospice d'humanité*, pour constater l'état d'un blessé.

— Heurteloup (baron Nicolas), né 1750, mort 1812.

> 1 *page in-8*, du 18 prairial an XII. Il annonce à M. ... sa nomination au grade d'aide. « ... Ces places sont les plus belles, puisque vous « serez chef... »

— Baumes (Jean-Baptiste-Théodore), mort 1828.

> 4 *pages in-4*, du 4 décembre 1815. *Curieuse lettre.* « ... M. *Cuvier*, protestant, a protégé avec une indécente partialité le Génevois *Decandolle-Prunelle*, autre protestant... »

— Antomarchi (François), *médecin de Napoléon à Sainte-Hélène.*

> *Billet* du 4 août 18.., pour suspendre la composition d'une impression.

538 MÉDECINS. (*4 lettres autographes signées.*)

— Gall (François-Joseph), fondateur de la science phrénologique, né 1758, mort 1828.

> 1 *page in-8*, du..., à M. *Breguet.* Il s'excuse de ce qu'un dîner chez le *prince Talleyrand* le force à remettre le sien : « ... Vous savez qu'on « n'ose rien refuser à ces grands seigneurs... »
> Ensemble 2 *pages autographes in-4*, cotées 255 et 256. *C'est un beau fragment scientifique des travaux de Gall sur le cerveau :* « ... L'o-« dorat, le goût, l'ouïe, ont pareillement, dans la masse cérébrale, une « origine distincte du centre, ou réceptacle unique des sensations. Il y « donc, dans la masse cérébrale, des organes distincts pour les sens, « pour les sensations, pour les mouvemens... » (*Portraits.*)

— Esquirol (Jean-Étienne-Dominique), aliéniste, successeur de Pinel, né 1772, mort 1844.

> *Demi-page in-8*, du ... Il accepte un rendez-vous avec le docteur Olivier, pour une consultation. (*Portrait.*)

— Pariset (Étienne), secrétaire de l'Académie royale de médecine, né 1770, mort 1847.

> 2 *pages et demie*, du 25 octobre 1826. *Curieuse lettre*, adressée à M. *Auger*, secrétaire perpétuel de l'Académie française, sur le désir qu'il a de faire partie de cette académie et d'entrer au *Collège de France :* « ... Je m'abandonne sans réserve à ta justice, à celle de mes « amis. Il me suffit de sentir dans mon intérieur que je ne trom-« perais pas leurs espérances.... Soigne mes affaires, cher ami... » (*Portrait.*)

— DUPUYTREN (Guillaume, baron), membre de l'Institut, etc., etc., né 1777, mort 1835.

> 1 *page in-4*, du 13 septembre 1811. Il accepte l'invitation d'assister à une séance du conseil *des travaux publics :* « ... Je n'estimerai heu- « reux, si je puis justifier l'opinion qui vous a porté à m'y appeler... » (*Portrait.*)

539 MÉDECINS. (8 *lettres ou pièces autographes signées.*)

— HALLÉ (Jean-Noël), né 1754, mort 1822.

> 1 *page in-4*, du 4 février 1814. Il certifie qu'un jeune homme âgé de 19 ans n'a aucune maladie ni infirmité qui puisse l'empêcher de servir dans la cavalerie. (Joint une consultation de 2 *pages in-4*, aussi *autographe signée.*) (*Portrait.*)

— ALIBERT (Jean-Louis), auteur de la *Physiologie des passions*, né 1775, mort 1837.

> *Demi-page in-fol.*, certificat pour établir que *Bernardin de Saint-Pierre* est mort sans fortune, et qu'il ne reste *a son fils* que la modique somme de 1,000 fr. (*Portrait.*)

— CIVIALE (Jean), membre de l'Académie des sciences, né 1792.

> 1 *page in-8*, du 20 juillet 1834. Il excuse un élève du collége de Louis le Grand, qui n'a pu rentrer à l'heure déterminée par les reglements. (*Portrait.*)

— LISFRANC (Jacques), né 1790, mort 1847.

> 3 *pages in-4*, du 1er octobre 1828, à M. Gensoul, chirurgien en chef de l'Hôtel-Dieu de Lyon. *Belle lettre*, entièrement *relative à des faits intéressant la chirurgie.* (*Portrait.*)

— CLOQUET (Jules), de l'Académie des sciences, né 1790.

> 2 *pages in-8*, à M. Ducrotay de Blainville, de l'Académie des sciences, pour lui recommander un ouvrage médical sur les *inflammations internes, connues sous le nom de fièvres.* (*Portrait.*)

— BALLY (Victor).

> 1 *page in-4*, du 19 février 1833. Il réclame l'obligeance de M. Didot pour l'impression d'un mémoire qu'il désirerait avoir de suite. (*Portrait.*)

— SUBERBIELLE (Joseph), chirurgien.

> 3 *pages in-8*, du 29 août 1844. Il donne des conseils pour éviter tout accident dans l'état de santé d'une nouvelle accouchée. (*Portrait.*)

— SÉGALAS (Pierre-Salomon), né 1792.

> 1 *page in-4*, du 10 septembre 18... Il ne peut accepter un rendez-vous à l'heure où il reçoit ses malades. Il attend particulièrement un planteur de Porto-Rico, un lieutenant général, etc., etc. (*Portrait.*)

540 MÉDECINS FRANÇAIS, avant et depuis 1789.

> CHOMEL. 1830. — CIVIALE. 1828. — CLOQUET (Jules). Six pièces. 1825-1840. *Portr.* — COSTE (Jean-François). 1819. — CRUVEILHER

(Jean). 1836. — Cullerier, neveu. 1829. — Daval (Jean). 1706.
Delpeux. 1826. —Demons. L. aut. sig., à M. Jules Janin. 1844, et
pièce de vers latins aut. sig. — Deneux. 1829. — Desormeaux (Marie-
Alexandre). 1819. — Duvergie (Alphonse de). 1847. — Dézeimeris
Deux lett. 1841-1843. — Distel. 1827. — Doussin-Dubreuil. 1827.
— Ensemble, 22 lettres, pièces et certificats médicaux aut. sig., et
un *portr.*

541 **MÉDECINS FRANÇAIS,** avant et depuis 1789.

Heurteloup. 1826. — Honoré. 1826. — Husson (Henri-Marie).
Deux lett. 1806-1818. — Itard (Jean-Marie-Gaspard). 1830. — Jadelot. 1825. — Jeanroy (Dieudonné). 1791. — Jobert (de Lam-
balle). 1830 (et deux lettres le concernant. 1830). — Jourdan. 1825.
Juglar. 1830. — Keraudren. An III. — Kobeff. Quatre lettres, à
M. Jules Janin. 1841. — Laennec. 1826. — Lafisse. 1828. — La-
gneau. Deux pièces. 1829. — Lallement. 1828. — Landré-Beau-
vais. 1840. — Ensemble, 23 lettres, pièce et certificats médicaux
aut. sig.

542 **MÉDECINS.** (2 *lettres et 2 pièces autographes signées.*)

— Corvisart (Jean-Nicolas), né 1755, mort 1821.

2 *pages in-8*, mai 1806, pour affaires d'intérêt avec *Mme de Castellane :* « ... Il est honteux que Mme de Castellane, *qui se ruine en
« marchandes de modes,* ne paye point cette dette sacrée (ses contri-
« butions). » (*Portrait.*)

— Broussais (François-Joseph-Victor), né 1772, mort
1838.

1 *page et demie in-4,* du .... Il se récrie contre l'assertion qu'il
se serait trompé dans l'appréciation d'une maladie : « ... Il pourrait
« bien se faire aussi que la guérison de M. Hue (que je ne me rap-
« pelle pas) ne fût pas complète, et qu'une rechute lui prouvât com-
« bien ses reproches sont indécents. *Reçu vingt francs.* » Ensemble, un
certificat autographe signé, de demi-page *in-4,* du 29 mai 1829. (Ce
certificat porte les *signatures autographes* de *M. Cochin,* maire du
12e arrondissement, et de *M. Chabrol,* préfet de la Seine.) (*Portrait.*)

— Laennec (René-Théophile-Hyacinthe), né 1781, mort
1826.

Demi-page in-4, du 9 janvier 1811. Il certifie que M. Levasseur est
attaqué d'une *maladie de cœur,* qui n'est point susceptible de guérison entière, ainsi qu'on peut s'en convaincre par les symptômes et la
percussion de la poitrine. (*Portrait.*)

543 **MÉDECINS.** (3 *pièces signées.*)

— Castellan (Honorat de).

Règlement des *parties d'appothiquairerie* et drogues fournies et
livrées, tant pour *les filles de la Chambre, filles, demoiselles et femmes
de chambre* de la Royne, que pour les *paiges* et *enfans de cuisine,*
pendant les six premiers mois de l'année 1561.

— Menard (Jehan).

Quittance du 21 juin 1617, de la somme de sept-vingt-dix livres, que Sa Majesté la Royne (Marie de Médicis) *lui a fait don*, en considération qu'il l'a *seignée* et *tirée du sang*.

— MÉNARD (Jean-Pierre), né 1701.

> *Quittance* du 17 novembre 1702, pour arrérages de rentes.

544 MÉDECINS. (3 *lettres autographes signées*.)

— TRONCHIN (Théodore), né 1709, mort 1781.

> 2 *pages et demie in-4*, du 12 janvier 17.., à M. de Fleurieu de la Tourette, à Lyon : « ... Si celui qui donne, Monsieur, rougissoit « comme celui qui reçoit, vous auriez une *érysipelle* au visage.... « épargnez-moi donc le chagrin de pouvoir vous faire du mal.... » (*Cachet. Portrait.*)

— PETIT (Antoine), né 1718, mort 1784.

> 3 *pages in-4*, Paris, 31 octobre 1772, à M. Raymond, médecin à Bastia, en Corse : « ... J'ay quelquefois regret de n'avoir aucun pou- « voir en ce bas monde ; c'est quand je vois des gens de mérite et que « je ne puis leur faire aucun bien... » (*Deux portraits.*)

— TISSOT (Samuel-André), auteur du *Traité de la Santé des gens de lettres*, etc., né 1728, mort 1797.

> 2 *pages in-4*, *de Lausanne*, le 16 mars 1796, adressées à *Parmentier*. Il le consulte sur différentes espèces de pommes de terre, et sur les substances qui peuvent servir à prévenir les maux auxquels la disette expose les peuples. (*Portrait.*)

545 MÉDECINS. (*Une pièce signée.*)

> *État des traitements fixes* des professeurs de la Faculté de médecine de Paris, pour le mois de décembre 1834, revêtu des 25 *signatures autographes* ci-après, savoir :
> ORFILA. — ADELON. — ALIBERT. — ANDRAL. — BÉRARD. — RICHARD. — BOUILLAUD. — BROUSSAIS. — DESGENETTES. — DEYEUX. — DUMÉRIL. — RICHERAND. — DUPUYTREN. — DUBOIS (Paul). — CHOMEL. — CLOQUET. — CRUVEILHIER. — ROSTAN. — FOUQUIER. — GERDY. — MARJOLIN. — MOREAU. — PELLETAN. — ROUX. — VELPEAU.
> *Tous les portraits, excepté celui de Pelletan.*

546 MÉDECINS. (8 *lettres autographes signées.*)

— DUBOIS (Antoine, baron), né 1756, mort 1837.

> 1 *page in-8*, du 31 mars 1830. Il donne des assurances de tranquillité sur les soins administrés à un malade. (*Portrait.*)

— SÉDILLOT (Jean), dit *le jeune*, né 1757.

> 1 *page in-4*, du 13 mars 1816, au docteur *de Mucy*, qui lui a demandé à faire distribuer un prospectus avec le prochain numéro du *Journal de médecine.*

— DES ESSARTS (Jean-Charles), né 1729, mort 1811.

> 1 *page in-8*, du 23 brumaire an VI, pour faire administrer des commotions électriques à un jeune homme qui a l'ouïe dure. Joint une lettre autographe de 1 *page in-4*, du 28 décembre 1784. (*Portrait.*)

— Magendie (François), de l'Académie des sciences, né 1783, mort 1855.

1 *page in-8*, du 12 septembre 1842, au directeur général des postes, pour demander que les lettres qui lui sont adressées, poste restante à Genève, lui soient renvoyées. (*Portrait.*)

— Jadelot.

1 *page in-8*, du 2 mars 1808, à M. Payen, pour lui exprimer le regret de ne pas s'être trouvé chez lui lorsqu'il y est venu, et lui assigner un rendez-vous. (*Portrait.*)

— Andral (Gabriel), membre de l'Institut, né 1797.

Demi-page in-4, du 11 novembre 1834, pour constater l'état de maladie d'un jeune homme auquel il a donné ses soins. (*Portrait.*)

— Breschet (Gilbert), né 1784.

2 *pages in-8*, du 23 décembre 1824, à *M. Payen, chimiste.* Il sera heureux de contribuer, par son suffrage, à son admission dans la Société philomathique. (*Portrait.*)

— Cruveilhier (Jean), anatomiste, né 1791.

1 *page in-4*, du 17 février 1830. Il certifie qu'un étudiant en droit, traité à la maison royale de santé, a besoin de prendre l'air natal. (*Portrait.*)

547 **MÉDECINS.** (8 *lettres ou pièces autographes signées.*)

— Roques (Joseph), né 1772.

1 *page in-4*, du 15 avril 1829. Il réclame le n° 8 du Journal de médecine clinique, où il est traité des difformités du corps humain, par *MM. Maisonabe*, etc. (*Portrait.*)

— Duméril (André-Marie-Constant), né 1774, mort 1860.

Demi-page in-4, du 31 octobre 1831. Certificat d'exactitude, délivré en faveur d'un élève interne à la *Maison royale de santé*. (*Portrait.*)

— Serres (Étienne-Renaud-Augustin), né 1788.

1 *page et demie in-8*, 15 juin 1832, à M. *Didot*, pour qu'il fasse la remise au libraire *Baillière* de 300 exemplaires de l'ouvrage qu'il vient d'imprimer pour lui. (*Portrait.*)

— Bouillaud (J.-B.), doyen de la Faculté de médecine en 1848, né 1796.

1 *page in-8*, du 23 février 18... Recommandation pour une admission à la *Salpétrière*. (*Portrait.*)

— Guersent.

Demi-page in-4, du 28 novembre 1830, pour attester qu'un employé du *Mont-de-Piété* est hors d'état de reprendre son service. (*Portrait.*)

— Cullérier.

1 *page in-4*, du 27 août 1827. Certificat pour faire obtenir une indemnité à une nourrice. (*Portrait.*)

— ADELON (Nicolas-Philibert), physiologiste, né 1780.

1 *page et demie*, du 27 août 1834, pour demander *au préfet de la Seine* la liste des candidats inscrits pour subir l'examen du jury médical. (*Portrait.*)

— AUVITY (Pierre).

1 *page in-4*, du 29 novembre 1830. Il s'est chargé d'excuser M. le duc de Duras, que sa santé empêche de prendre part aux jugements des *ministres de Charles X*.

548 MERCIER DE SAINT-LÉGER (l'abbé).

Neuf lettres à lui adressées par : BARTZ (P. Paulin de S.). L. aut. sig. Rome, 6 juin 1790. 1 p. in-4. — BOEHMIUS. L. latine a. s. 1764. 2 p. in-4. — BORGIA (Etienne). L. sig. Rome, 4 sept. 1771. 2 p. in-4. — BRÉQUIGNY. 3 lett. aut. (dont 2 aut. sig. à la 3me personne). 1778-1792. 3 p. petit in-8. — NORDECK. L. latine aut. sig. Campinone, 3 avril 1762. 2 p. pl. et demie in-4. Cachet. — PAVESIO. L. aut. sig. (en italien). Turin, 15 juin 1787. 3 p. in-4. — REUTHER (J.-George). L. aut. sig. Mayence, 20 juin 1767. 3 gr. p. in-4. — SCHEUBER (J.). L. aut. sig. Nuremberg, 31 août 1765. 3 gr. p. in-4. — WACKERSTEIN (Joseph). L. aut. sig. Elfall (Bavière). 12 déc. 1765. 2 p. pl. in-4. Cachet. Très-intéressant lot bibliographique et littéraire.

549 MERLIN DE THIONVILLE (Antoine-Christophe), député à l'Assemblée législative et à la Convention, né 1762, mort 1833.

1° Sept arrêtés du Comité de sûreté générale de la Convention, de Thermidor an II, sig. par lui et par ses collègues Legendre (de Paris), Vadier, Louis (du Bas-Rhin), Elie Lacoste, Goupilleau (de Fontenay), Dubarran, etc. 7 p. in-fol. Sceaux. *Portr.* Notice de *M. L. de M.*

2° L. aut. sig., à M... Laon, 7 mai 1815, 4 p. pl. in-4.

Il a été bien outragé par le sr Dupassage.

550 MEZERAY.

L. aut. sig. à M. Sanson, géographe; 5 déc. 1664, 2 p. in-4.

Il le prie de marquer en marge de sa lettre les noms en français des provinces qu'il lui indique. — En marge sont les réponses autographes de Sanson.

551 MILLEVOYE (Ch.-Hubert), poëte élégiaque, de l'Acad. franç.

L. aut. sig. à Ch. Nodier, à Amiens; Abbeville, 21 octobre 1809, 2 p. in-4.

Charmante épître sur des vers de Ch. Nodier, qui vient de quitter la Suisse pour s'établir à Amiens.

552 MIRABEAU.

L. aut. sig., à M. Mottet, à Beaumont. Mirabeau, 22 septembre 1772. 1 p. in-4. Cachet de deuil, aux armes.

553 MIRABEAU.

L. sig. : *Mirabeau l'aîné, président*, comme président de l'assemblée nationale, à MM. les administrateurs composant le Directoire du dé-

partement des Deux-Sèvres, à Niort. Paris, le 3 fév. 1791. Demi-page
in-fol.

Le comité ecclésiastique des recherches et des rapports réunis, aux-
quels il a envoyé la lettre qu'ils lui ont écrite, et leur arrêté contre le
mandement incendiaire de l'évêque de Poitiers, examinera ces deux
pièces avec l'attention qu'elles méritent, et en rendra compte à l'Assemblée nationale.

554 **MIRABEAU.**

L. aut. à Brissot ; vendredi soir, 4 mars 1791. Demi-page in-4.
Sur la brutalité de M. Dillon à la Société des amis des noirs.

555 **MITOU** (Louis), évêque de Condom.

L. aut. sig., à M... Saintes, 10 mars 1704. 2 p. in-4.
En passant à Saintes, il a trouvé une famille qui s'est convertie entre
ses mains dans le temps de ses missions. « Elle a besoin de votre pro-
« tection. Je me ioints à M. l'Euesque pour vous la demander p^r le s^r
« Pierre Richer, lequel estoit controleur des fermes du Roi au bureau
« de St-Sauiviau en Saintonge depuis plus de saise ans protegé par
« M. Leullier. Il seroit de votre charité de soutenir cette famille. Cela
« fait un grand bien pour la religion de soutenir les nouueaux con-
« uertis... »

556 **MONTFAUCON** (Bernard de), savant bénédictin.

L. aut. sig. (au cardinal de Bouillon) ; Paris, 21 oct. 1709, 3 p. in-4.
Envoi de sa *Paléographie grecque*, dans laquelle il a expliqué les Ta-
blettes de plomb que Son Altesse a apportées de Rome. Nouvelle de la
mort de dom Ruinart.

557 **MONTI** (Vincent), célèbre poëte italien.

L. aut. sig., à M. Mimaut, en italien, avec traduction française ;
Milan, 15 oct. 1806, 1 p. 3/4 in-4. Très-jolie lettre, relative à son ouvrage *le Barde* qu'il vient de publier.

558 **MONTYON** (le baron de), célèbre philanthrope, fon-
dateur des prix de vertu.

L. aut. sig., 1784, 1 p. in-4.

559 **MOREAU** (Jean-Michel), dessinateur et graveur.

L. aut. sig., à M. le préfet de la Seine, 10 prairial an V. 1 p. in-4.

560 **MORELLET** (l'abbé André), littérateur et publiciste,
membre de l'Académie française, né 1727, mort 1819.

E. aut. sig., à M. Perregaux, 12 août 1780. 1 p. 1/2 in-4.
RICHELIEU (le maréchal duc de), de l'Académie française. L. aut.,
à M... Versailles, 29 mai 1749. 2 p. in-4.

561 **MURAT** (Napoléon-Ach.), naturalisé citoyen des États-
Unis.

L. aut. sig., au comte...; Londres, 2 sept. 1839, 2 p. in-4.
Le nouveau malheur qui vient de le frapper le ramène encore une
fois en Europe. Il est presque indispensable pour leurs affaires de famille qu'il revoie ses sœurs, dont il est séparé depuis dix-sept ans. Il

faut qu'il obtienne du gouvernement français l'autorisation de traverser la France, et il le prie de faire parvenir sa demande au Roi.

562 MUSICIENS. (2 *lettres autographes signées.*)

— DALAYRAC (Nicolas), né 1753, mort 1809.

2 *pages in-4*, 3 novembre 1807, adressées à *M. de Jouy*. Il le félicite sur le succès d'un de ses ouvrages, en exprimant avec délicatesse le regret de n'avoir pas été chargé d'en faire la musique : « ..... Mais « une telle besogne exige la confiance et veut que le musicien soit « choisi par l'auteur... »

— NICOLO (Nicolas Isouard, dit), né 1777, mort 1818.

1 *page in-8*, 1ᵉʳ janvier 1814, adressée à *M. Berton :* « Je te sou- « haite une bonne année, ainsi qu'à ta famille, autant de fortune que « tu as de talent, et tu serais alors un des plus riches particuliers de « l'univers... »

(*Les 2 portraits.*)

563 MUSICIENS. (3 *lettres autographes signées.*

— MÉHUL (Étienne-Henri), né 1763, mort 1817.

2 *pages in-4*, 13 messidor an VIII, au ministre de l'intérieur. Il le remercie d'avoir ordonné la reprise de son opéra d'*Adrien*, et lui fait hommage de la partition de celui d'*Ariodam*.

— BOYELDIEU (François-Andrien), né 1775, mort 1834.

1 *page in-4*, 3 juillet 1833, à M. Cavé, au sujet d'une audience qu'il voudrait obtenir de M. Thiers.

Ensemble *une seconde lettre*, de 3 *pages in-8*, sans date, adressée à M. Lemetheyer. Il l'informe qu'il s'est occupé de son affaire. « ... Nous avons, Cherubini et moi, sermonné Lesueur hier à l'Insti- « tut... », et exprime le désir d'entendre un ouvrage de M. Harel.

(*Les 2 portraits.*)

564 MUSICIENS. (4 *lettres autographes signées.*)

— ROSSINI (Joachim), né 1789.

Demi-page in-4, sans date, au directeur de l'Académie royale de musique. Il manque à une répétition, sa femme étant indisposée. « ..... Ma tendresse conjugale, qui vous est bien connue, ne me per- « met pas de la quitter... »

— MEYERBEER (Jacob ou Giacomo Meyer-Liebmann Beer), né 1791.

1 *page in-8*, 26 juillet 1830, à *Mᵐᵉ la comtesse du Cayla :* « Vous « punissez comme les dieux, en pardonnant. J'accepte avec empresse- « ment... l'occasion de mettre à vos pieds l'expression de mon re- « pentir... »

— DONIZETTI (Gaëtano), né 1798, mort 1848.

2 *pages in-4*, datées de Florence, le 22 février 1834, *et adressées à Rossini. (En italien.)*

— Bellini (Vincent), né en 1802, mort 1835.

Un compte de banque se rapportant particulièrement à la partition des *Puritains*. (Cette pièce n'est que signée.)

(Les 4 portraits.) Ajouté une lithographie de Rossini.

565 MUSICIENS. (3 *lettres autographes signées et une lettre autographe.*)

— Champein (Stanislas), auteur de *la Mélomanie*, né 1753, mort 1830.

1 *page in-4*, 10 août 1810. Il a oublié, en acceptant à dîner avec *M. Étienne*, qu'il avait un engagement précédent avec *le général Lasalle*, et le regrette d'autant plus qu'il aurait plus particulièrement fait connaissance avec un homme qui sera peut-être *l'auteur comique que la littérature attend.*

— Cherubini (Marie-Louis-Charles-Zénobie Salvador), né 1760, mort 1842. Portrait.

1 *page in-4*, 27 juillet 1833, à M. Nouguier père. *Très-jolie pièce*, dans laquelle, en remerciant d'un article sur la première représentation de son *Ali-Baba*, il se plaint cependant d'avoir *été traité d'octogénaire.*

Ensemble une *seconde lettre*, de 3 *pages in-4*, du 3 thermidor an XI, au ministre de l'intérieur, pour réclamer une pièce attenant à son logement, et qu'il n'avait cédée que momentanément pour mettre en dépôt les partitions de l'établissement du Conservatoire de musique.

— Lesueur (Jean-François), né 1760, mort 1837.

1 *page in-4*, du 21 janvier 1786. Il répond à la demande pressante d'un facteur de pianos, qui *l'a menacé d'aller chez le curé et le marguillier*, que cela ne saurait amener plus tôt de quoi le satisfaire, bien au contraire.

566 NAPOLÉON Ier, empereur des Français.

L. sig. *Nap.*, à M. Portalis. Tilsitt, 5 juillet 1807. Tiers de p. in-fol. Il désire beaucoup que le prêtre Casimir Thouciers ne soit, sous aucun prétexte, relaché sans son ordre.

567 NECKER (Jacques), ministre de Louis XVI.

L. aut. sig., à Son Altesse Sérénissime... 3 décembre, 2 p. in-fol. Au sujet de l'assemblée des notables, et du secours des lumières qui peut être donné au roi.

568 OFFICIERS GÉNÉRAUX. (5 *lettres autographes signées.*

— Vaubois (comte).

1 *page et demie in-4*, du 21 prairial an X, adressée au ministre de la guerre, pour solliciter le congé absolu d'un soldat dont l'enrôlement date de 1791.

— Milhaud (Jean-Baptiste, comte), né 1766, mort 1833.

1 *page in-12*, du 27 mars 1815. Il recommande un officier dont il connaît le dévouement à la personne de l'Empereur. *(Portrait.)*

— DROUOT (Antoine, comte), né 1774, mort 1847.

> *1 page in-4*, du 19 janvier 1814, adressée au colonel Castellane, pour l'engager à rester à la tête du 1er régiment des *gardes d'honneur.* (*Portrait.*)

— GOURGAUD (Gaspard, baron), né 1783, mort 1852.

> *3 pages in-4*, datées de *Longwood* dans *l'Isle de Sainte-Hélène*, et adressées à sa mère. « ... Nous sommes maintenant bien établis dans « une jolie maison de campagne. La lecture, les promenades à pied et « à cheval, la chasse et *la rédaction de mémoires intéressants*, et l'es- « poir de me retrouver au milieu de vous, me font passer le temps « aussi agréablement qu'on peut le passer à 2,000 lieues de ses plus « chères affections..... » (*2 portraits.*)

— LEFEBVRE-DESNOUETTES (Charles, comte), né 1775, mort 1822.

> *Demi-page in-4*, sans date, au ministre de la guerre, pour l'informer qu'il fera partir les deux hommes qu'il lui demande, pour être incor- porés dans les guides, aussitôt leur retour de Hanovre. (*Portrait.*)

569 PARMENTIER, célèbre chimiste, le propagateur de la pomme de terre en France.

> L. aut. sig. Paris, an XII, 1 p. pl. in-4.

570 PERREAU (Jean-André), fils naturel du marquis Victor de Mirabeau, né 1749, mort 1813.

> 1° L. aut. sig., au marquis... Rome, 12 avril 1788. 2 p. in-4.
> 2° Ordre de sa mise en liberté, sig. par les membres du Comité de sûreté général, Dubarran, Goupilleau (de Fontenay), Legendre (de Paris), Louis (du Bas-Rhin), Merlin (de Thionville) et Vadier. 20 ther- midor an II. 1 p. in-fol. Tête impr. Cachet.
> 3° Deux ordres d'incarcération, aut. sig. par Perreau, comme pré- sident du Comité révolutionnaire et de surveillance de la section de la *Fontaine de Grenelle*, signés aussi par les autres membres du Comité. 19 vendémiaire an III. 2 p. pl. in-4. Tête impr. Vignette. Cachet à la cire rouge.
> 4° L. aut. sig., à M. Fourcroy, directeur général de l'instruction publique. Paris, 14 juin 1808. 2 p. in-4.
> Il demande pour les élèves de l'École de droit de Rennes qu'il leur soit permis de former une garde d'honneur de service près de Sa Ma- jesté l'Empereur, qui est attendu à Rennes.

571 PETAU (le père Denis), savant jésuite, né 1583, mort 1652.

> L. aut. sig., au révérend père Vavasseur, à la Flèche. Paris, 17 sept. 1617. 1 p. in-fol. Cachet de la Société.
> Belle et intéressante lettre au sujet de l'impression de plusieurs ou- vrages (paraphrase des Psaumes, etc.), par Camusat et Cramoisy, etc.

572 PÉTION DE VILLENEUVE (Jérôme), avocat, con- ventionnel, maire de Paris, né 1759, mort 1793.

> L. sig., comme maire de Paris, aux citoyens... Paris, 9 août 1792. 1 gr. p. in-fol. Pièce historique et importante par sa date.
> On a voulu quelquefois les perdre en cherchant à ralentir leur zèle;

on veut aujourd'hui les perdre en l'égarant. — « L'Assemblée s'occupe
« en ce moment de vos plus grands intérêts ; que le calme environne
« son enceinte ; qu'elle discute d'une manière solennelle et importante,
« et attendons avec confiance le décret qui émanera de sa sagesse. S'il
« étoit possible que ses murs fussent hérissés de baïonnettes, à l'instant
« tous les cris de la malveillance s'élèveroient pour dire qu'elle n'est
« pas libre, et qu'on a arraché à la crainte ce que son civisme seul
« peut lui dicter. J'ai entendu dire qu'on vouloit fixer le jour et l'ins-
« tant de sa décision: Cette idée est intolérable. Jamais on n'a dit à un
« juge : A telle heure vous aurez jugé mon affaire ; à plus forte raison
« ne peut-on pas tenir ce langage à une assemblée qui prononce sur
« un grand objet national... »

573 PETIT (le baron), général, le héros des adieux de Fontainebleau.

L. aut. sig., à M. Vattemare. Bourges, 8 nov. 1830. 1 p. in-4. Rognée.
Obligé de quitter Bourges aujourd'hui, il regrette de ne pouvoir assister à la représentation que M. Vattemare doit donner demain
dans cette ville.

574 PETIT-RADEL (Louis-Charles-François), membre
de l'Académie des inscriptions et belles-lettres, administrateur de la bibliothèque Mazarine, né 1757,
mort 1836.

L. aut. sig., au maréchal duc de Tarente. Paris, 2 décembre 1816.
1 page in-fol.
Demande de communication de pièces pour la rénovation de son
brevet de membre de la Légion d'honneur.

574 bis. PETITOT (Claude-Bernard), littérateur, auteur
dramatique, éditeur de la Collection générale des mémoires sur l'histoire de France, né 1772, mort 1826.

1º Note aut. sig., sur le *Manuel des maîtres d'étude.* 1 p. in-4. —
2º *Biblis*, pièce de vers aut., 1 p. pl. et quart in-8. — 3º Mémoires
aut., ou *notes sur l'instruction publique,* etc. Ensemble 16 p. in-fol.

575 PESTALOZZI (Henri).

L. aut. sig. (en allemand), à Mme Gross, née Pestalozzi, à Leipzig.
Yverdun, 3 octobre 1822. 1 p. in-4.

576 PHILIPON (Ch.), le spirituel caricaturiste.

L. aut. sig., à M. Vattemare. 1er avril 1844, 1 p. in-4.
Chaudes félicitations sur le projet de M. Vattemare pour les échanges
internationaux, qui doit unir les nations par les sciences et les arts.
« C'est en cette circonstance surtout que je regrette bien amèrement
d'avoir employé ma vie à des choses légères et futiles ; j'aurais été si
heureux de témoigner dignement aux fils de Washington, aux amis de
La Fayette, ma vive sympathie ! »

577 PICARD (Louis-Benoît), acteur et auteur dramatique.

L. aut. sig., à M. Bérard. Paris, 29 avril 1812. 1 p. pl. in-4. Jolie
lettre. — Note aut. de M. Bérard sur l'objet de la lettre qui précède.
1 p. pl. in-8. *Portr.* gravé.
Au sujet de la pièce *le Passé, le Présent et l'Avenir,* qui manquait

à la collection de ses œuvres qu'avait formée M. Bérard, et que celui-ci, en qualité de cousin, l'avait prié de lui procurer...

578 **POMPONNE** (l'abbé de).

L. aut. sig., à Mgr... Paris, 23 avril 1748. 4 p. in-4.

Curieuse lettre au sujet d'un imprimé qui a été fait à son insu et malgré lui, et a été près de lui faire une affaire très-sérieuse avec le Roi... Juste colère du premier magistrat du royaume, laquelle ne tombera que sur l'insolent imprimeur; on a su qu'il a gagné quelques élèves ou quelques laquais pour faire cet imprimé, qu'il vend 6 ou 7 sous chaque exemplaire... « Il faut laisser aboyer à présent ces mal-
« heureux jésuites, qui sont comme des chiens enragés de voir que tous
« les évêques se réunissent en cette occasion par leurs mandements et
« instructions pastorales, qu'ils n'ont jamais eu d'affaires plus impor-
« tantes pour soutenir la saine doctrine; ainsi c'est à tout le corps
« épiscopal à attaquer ces malheureux religieux, qui enseignent la plus
« mauvaise doctrine du monde. Ils sont idolâtres à la Chine, probabi-
« listes à Rome et en Espagne publiquement, et en France condamnés
« par l'assemblée de 1700... »

579 **POÈTES** du XIXe siècle.

Lettres et vers aut. sig.

De Guerle (Jean-Nicolas-Marie). 1821, 1 p. in-4. — Dorange (Jacques-Nicolas-Pierre). 1804, 2 p. in-8. — Du Bos (Constant). 1829, 2 p. in-8, et *le Lis, ode*. Impr. 1816. 1 p. in-8. — Du Doré (Raymond). *Mon Pays*, pièce de vers, adressée à M. de Blosseville. Beaupréau, 28 oct. 1840. 3 gr. p. pl. in-fol. Cachet. — Dumesnil (Pierre). L. aut. sig. 1809, 1 p. in-4. — Du Puy des Islets. 1° *Stances à mademoiselle C...* 1 p. et demie in-8. — Famin. *Les deux ci-devant clergés, conte gothique*. 3 p. pl. in-4. — Groult de Tourlaville. 1837, 1 p. in-8.

580 **PONS** *de Verdun* (Robert), poëte, avocat, député de la Meuse à la Convention, né 1749, mort 1844.

L. aut. sig., aux citoyens membres de l'administration des domaines nationaux. 27 prairial... 1 p. pl. et tiers très-grand in-fol.

Au sujet de sa soumission, conjointement avec le citoyen Second, pour l'acquisition de la maison ci-devant conventuelle, bâtiments et dépendances de la congrégation des religieuses augustines de la rue Neuve-Etienne, n°ˢ 27 et 29. Curieux détails.

581 **PORTALIS** (Jean-Étienne-Marie), ministre des cultes, membre de l'Institut, né 1746, mort 1807.

1° Extrait de lettre écrite par M. de Lussan au sieur Lieutard. Copie aut. sig. pour extrait par Portalis. 1787. 3 p. in-4, sur papier timbré.

2° L. sig., au citoyen Méjan. Paris, 1802. 2 p. in-8.

3° Circulaire (impr.) sig., aux préfets, au sujet de la députation que les gardes nationales de chaque département enverront à Paris, pour assister à la cérémonie du couronnement de Napoléon. Paris, 20 thermidor an XII. 2 p. et demie in-4. Trois *portr.*

Portalis (Joseph-Marie, comte de), fils du précédent, garde des sceaux, premier président à la cour de cassation, né 1778, mort 185.. L. aut. sig. 1830. 1 p. in-4, et lett. sig. 1828. 1 p. in-4.

582 RAYNAL (l'abbé Guillaume-Thomas-François), rédacteur du *Mercure de France*, littérateur, historien, économiste, né 1713, mort 1796.

Fragment aut. sur le Levant. *Égypte. Levant.* 4 gr. p. pl. in-fol.
Tache en tête. Sept *portr.* in-8 et in-4.

583 RAYNAL (l'abbé Guill.-Thomas), célèbre historien et
philosophe du XVIIIᵉ siècle, membre de l'Institut.

L. aut. sig., à M...; Paris, 26 août 1757, 1 p. et demie in-4.
Jolie lettre relative à l'éducation du fils du destinataire.

584 RAYNAL (l'abbé Guill.-Thomas-François), auteur de :
*Histoire philosophique des établissements et du commerce
des Européens dans les deux Indes*, né 1713, mort 1796.

1º Billet de 4 lignes aut. sig. (à la 3ᵐᵉ personne). à M. D. Arnaud.
In-8 en travers. Derrière se trouvent 8 vers de la main, croyons-nous,
de d'Arnaud. *Portr.*, plus : Fragment politique. 8 lig. aut. sig.
2º *Mexique.* Manuscrit aut. 1 gr. p. pl. in-4.

585 RÉAL (Pierre-François, comte), procureur au Châtelet,
préfet de police, conseiller d'État, né 1765, mort 1834.

1º Ordre de son incarcération à la maison d'arrêt du Luxembourg,
délivré par les administrateurs de police de la Commune de Paris.
11 germinal an II. 1 p. in-4. Tête impr. Vignette.
2º L. aut. sig. 1813. 1 p. in-4., et 3 lett. et pièces sig. 4 p. in-4.
3º *Au Vatican, mes très-chers frères...* Chanson par M. de Romeuf,
en sept couplets, copiée par *Réal*, qui l'a donnée au docteur Breschet.
2 p. et demie in-8.

— RÉAL (Félix), député.

Deux lett. aut. sig. 1837 et 1847. 3 p. in-4.

— RAMOND DE CARBONNIÈRES (Louis-François-Elisabeth,
baron), physicien, géologue, minéralogiste, membre
de l'Institut, né 1755, mort 1827.

L. aut. sig. Clermont-Ferrand, 1810. 1 p. et quart in-fol. *Portr.*

586 RÉVEILLÈRE-LÉPEAUX (L.-M.), conventionnel
et directeur, surnommé le *Pape des théophilanthropes*.

L. aut. sig., à M. Ballard ; Paris, 1818, 1 p. et demie in-8.
Très-jolie lettre, relative à une boîte d'insectes qu'on lui a envoyée
pour la remettre à M. Ballard.

587 RODOLPHE II, empereur d'Allemagne, né 1552,
mort 1612.

Document (imprimé) signé par l'empereur, et contre-signé par un
ministre. 21 août 1596. Grande feuille double in-fol. Grand sceau de
l'Empire admirablement conservé.
Très-importante pièce pour l'histoire monétaire de la ville d'Aix-
la-Chapelle. Plusieurs monnaies sont figurées au centre de cette pièce.

588 ROLLIN (l'abbé Charles), historien, professeur d'élo-
quence. etc., auteur du *Traité des études*, né 1661,
mort 1741.

Quitt. sig. (sur parch.). 4 janvier 1704. Trois *portr.*

589 ROLLIN (Charles), né 1661, mort 1741. (*Lettre autographe signée.*)

Jolie lettre, de 1 *page in-4*, du 16 juin 1695, adressée au *R. P.
Mabillon*, sur une difficulté de préséance et de discours à prononcer
dans une cérémonie : « ... Je parlai hier à notre assemblée de la difficulté... et marquai, en même tems, l'expédient que vous m'avez donné...
mais on jugea que *le recteur ne pouvoit prendre d'autre place que* celle
qui naturellement et ordinairement est censée *la première...* »
Joint la *notice* du *Magasin pittoresque*, avec le *portrait*. (3 *portraits
et un fac-simile de lettre.*)

590 ROLLIN (l'abbé Charles), humaniste et historien.

Quit. de 5 grandes aut. sig.; Paris, 14 juin 1735, in-8 oblong. Pièce
montée.

591 ROUSSEAU (Jean-Jacques), le grand écrivain.

L. aut. sig. *J.-J. R.*, à M. Lenieps, rue de Savoie, à Paris; Montmorency, 4 déc. 1758, 1 p. 3/4 in-4, cachet.
Il cherche à le détourner de venir à Montmorency pour célébrer
avec lui l'*Escalade*. — Son opinion sur le grand Frédéric, dont il ad-
mire les talents, mais dont il n'est point du tout le partisan. « Je ne
« puis estimer ni aimer un homme sans principes, qui foule aux pieds
« tout droit des gens, qui ne croit point à la vertu, mais la regarde
« comme un leurre avec lequel on amuse les sots... »

592 ROUSSEAU (J.-J.).

Romance, paroles et musique aut., avec ces mots au bas, aussi de
la main de Rousseau : « Les couplets se trouveront dans le recueil de
M. Berquin; » 12 avril 1777, 1 p. in-4 oblong.

593 SAINT-LAMBERT (Charles-François, marquis de),
membre de l'Académie française, né 1716, mort 1803.

1° L. aut. sig., à M... Eaubonne, 30 juillet... 1 p. et demie in-4.
Déchirure au bas de la marge intérieure enlevant le commencement de
cinq lignes; autre déchirure en tête.
2° L. aut. à M. Devaux, le fils (l'ami de madame de Graffigny), à
Lunéville; Nancy, 21 avril 1750, 3 gr. p. pl. in-4. (Collection du
Plessis.)
Belle lettre littéraire au sujet de l'OEdipe de Voltaire qui venait d'être
représentée. Parallèle avec l'OEdipe de Crébillon...

594 SAINT-PIERRE (Ch.-Irénée CASTEL, abbé de), publiciste et philanthrope, le célèbre auteur du *Projet
de paix perpétuelle,* membre de l'Acad. fr.

L. aut. sig. à Mgr... 22 déc. 1722, 1 p. in-4. Jolie lettre.

595 SAINT-PIERRE (J.-H.-Bernardin de).

Billet de quatre lignes aut. sig. à M. de Jussieu. Paris, 26 juillet
1792. Quart de page in-8. *Portr.*

596 SALVANDY (N.-A. comte de), homme d'État, publiciste et historien, de l'Acad. fr.

L. aut. sig.; (Paris), 6 sept. (1839); p. pl. in-8.
M. de Salvandy, alors ministre de l'instruction publique, parle des

difficultés qu'il rencontre dans la réforme des études, et de l'espoir
qu'il a de les vaincre. Il est toujours d'accord avec M. Molé pour la
dissolution de la Chambre, et il n'y a d'objections que les éventualités
possibles ; mais il n'y en aura pas : « Don Carlos n'avancera point sur
Madrid, selon toute apparence. Quant aux Autrichiens à Naples, il
n'en est pas question... »

597 SAND (George), née Marie-Aurore *Dupin*, baronne *Dudevant*, romancière et auteur dramatique.

> L. aut. sig. : *George Sand*, à Mme Bascans. Juillet 1841. 3 gr. p.
> in-4. Belle et intéressante lettre. (Collection Fossé d'Arcosse.)

598 SAND (George), madame *Dudevant*. *La même*.

> L. aut. sig. à M. Jules Géruzez, 2 mai 1848. 1 p. in-8.
> Au sujet de la non-continuation du journal : *la Cause du peuple*.

599 SANTEUL (Jean de), chanoine de Saint-Victor, né
1630, mort 1697. (*Envoi autographe signé*.)

> Cet envoi se trouve au bas d'une pièce imprimée, *l'une de celles
> que Santeul a publiées séparément, en les ornant de vignettes ingénieuses.*
> (Voyez la *Biographie universelle*, t. XL, p. 371.)
> (Les mots *Santeuil, son écriture*, sont de la main de *Villenave*.)
> (*Portrait par Edelinat et 1 second portrait avec quatrain.*)

600 SCHONEN (Augustin-Jean-Marie), magistrat, député,
pair, etc., etc., né 1784. (*Lettre autographe signée*.)

> 3 *pages in-4*, du 19 mai 1826, adressées *au comte de Montlosier*.
> *Très-belle lettre*, non moins honorable pour l'un que pour l'autre :
> « ... Voilà *les révolutions*, Monsieur, elles *ne sont utiles qu'aux intri-*
> « *gans*, et elles ne profiteront jamais ni à vous, ni à moi, et l'un et
> « l'autre nous nous en consolons avec notre conscience, et le profond
> « mépris que nous leur avons voué... et du profond respect que je porte
> « à votre caractère, à vos vertus et *au plus beau courage civique...* Je
> « charge mon frère de cette lettre. *Vous connaître est une trop heu-*
> « *reuse fortune !* et il en est digne. »
> Joint un *factum* lithographié, distribué lors de l'élection de M. de
> Schonen, à Paris. (2 *portraits et 1 figure épisodique*.)

601 SCRIBE (Augustin-Eugène), auteur dramatique, membre de l'Académie française, né 1791, mort 1861.

> L. aut. sig., à son ami... Sans date. 2 p. in-8. Feuille de char-
> ges, etc. Distribution des rôles de *la Camaraderie*. Curieux détails.

602 SCRIBE (Eugène), membre de l'Académie française.

> Deux lett. aut. sig., à son éditeur. 1844 et 1845. 3 p. in-8. Au sujet
> de la publication de partie de ses œuvres.

603 SEIGNELAY DE COLBERT, évêque de Rodez.

> Trois mémoires adressés : *à nosseigneurs du clergé de France*,
> avec apostilles aut. et sig. de l'évêque de Rodez. Sans date (règne de
> Louis XV). 3 p. in-fol.
> Relatifs à des secours à accorder à des demoiselles nouvellement
> converties. Une pension leur est indispensable pour subsister.

604 **SURLET DE CHOCKIER**, régent de Belgique
après la révolution de 1830.

L. aut. sig., à M. Martine, à Paris; Guingelom, son lieu de naissance, 3 mai 1832, 5 p. in-4. Cachet.

Belle lettre, où l'on retrouve l'expression des nobles sentiments, du désintéressement et de la modestie de ce grand citoyen. Il a assez joui de la puissance pour en être dégoûté pour le reste de sa vie. « Quand je verrai, dit-il, mon cousin Louis-Philippe, cela fera entre lui et moi un beau sujet de réflexions philosophiques. Je suis sûr qu'il me dira qu'il envie mon sort. Que ne suis-je, me dira-t-il, dans mon Neuilly comme vous êtes dans votre Guingelom!.. »

605 **SOUFFLOT**, architecte, auteur de la basilique de
Sainte-Geneviève (Panthéon).

L. aut. sig., à M... Paris, 18 août 1768. 1 gr. p. in-fol.

606 **SOULT** (Jean-de-Dieu), duc de Dalmatie, maréchal de
France.

Pièce aut. sig.; Bayonne, 1er déc. 1813, trois quarts de p. in-4.
Ordre portant que le général Blondeau gardera les arrêts pendant six heures, pour avoir enfreint les ordres de l'Empereur.

607 **TALLEYRAND-PÉRIGORD**.

L. sig. comme ministre des relations extérieures, au citoyen Jubé, membre du conseil des Cinq-Cents. 4 germinal an VII, 1 p. in-4. Cachet.

608 **THENARD** (le baron), célèbre chimiste, membre de
l'Institut.

L. aut. sig., à M. Sauvo. 1 p. in-4.

609 **THÉOPHILANTHROPES** (culte des) ou adora-
teurs de Dieu.

Trois lett. aut. sig. de *Julien de Toulouse*, le conventionnel, aux administrateurs municipaux du 11e arrondissement. Paris, an VII, 9 p. in-fol. et in-4.

Ces trois lettres sont écrites par *Julien de Toulouse* comme administrateur du culte des Théophilanthropes, temple Sulpice, à l'effet d'être autorisé à établir des écoles pour l'éducation des enfants, et d'inviter les administrateurs à assister dans le temple de la Victoire à la célébration de l'anniversaire de la Théophilantbropie, ou le *Rétablissement de la religion naturelle.*

610 **THOMAS** (Ant.-Léonard), écrivain et philosophe distingué, célèbre par ses *Eloges*, membre de l'Académie française.

L. aut. sig., à M, Guys. Oullins, près de Lyon, 19 août 1785, 1 p. un quart in-4. Cachet.
Jolie lettre littéraire où il lui donne son sentiment sur son mémoire concernant les *Horaces* et les *Curiaces.*

611 THOMAS (Antoine-Léonard). *Le même.*

1º L. aut., « à M. Ducis, secrétaire de *Monsieur*, frère du roi, et l'un
« des quarante de l'Académie françoise, dans une auberge aux Ter-
« reaux, je ne sais pas le nom de l'auberge, je crois que la maîtresse
« se nomme madame Lambert, il faudroit prendre des informations
« dans les auberges de ce quartier là, s'il y en a plusieurs, peut-être
« est-ce à l'hôtel *Notre-Dame.* » 1 p. pl. petit in-8. Cachet.
2º L. aut., au même. Dimanche matin, 23, demi-p. in-4.
3º L. aut., à son ami... Jeudi 1er oct., 1 p. in-4.

612 THOMAS (Antoine-Léonard), de l'Académie française,
né 1732, mort 1785. (*Lettre autographe signée.*)

Jolie lettre de 1 *page et demie* in-4, adressée d'Auteuil, le 23 août
17.., à M. Berny d'Euville, avocat : « ... Je partirai bientôt pour
« aller passer l'automne et l'hiver à deux cents lieues sous le ciel de
« Provence ou de Languedoc... Je n'ai pas oublié la promesse que
« vous avez bien voulu me faire de venir, avec mademoiselle votre fille,
« passer une demi-journée à Auteuil... Je serai très-reconnaissant
« des moments que vous voudrez bien me donner et de la complai-
« sance qu'aura la jeune amie et l'élève de M. Vernet de venir étudier
« sur les lieux les paysages du bois de Boulogne... » Cachet.

613 THOMAS (Ant.-Léonard), un de nos plus éloquents
prosateurs, membre de l'Académie française.

L. aut. sig. Auteuil, 15 fév. 1781, 1 p. in-4.

614 THOUIN (André), savant botaniste, professeur, horti-
culteur, membre de l'Institut, né 1747, mort 1823.

1º Trois lett. aut. sig., à MM. Sévigné, l'Ormerie et Chaumette.
An II, 1817 et 1818, 3 p. in-8 et in-4. *Portr.*
Par celle de l'an II, il envoie 300 espèces de graines pour le jardin
botanique de Nevers.
2º Etat des graines composant le dix-neuvième envoi du Muséum
pour l'Egypte, etc. 1 p. aut. in-4.
3º L. sig., sig. aussi par Jussieu, Haüy et G. Cuvier. Paris, 13 vendémiaire an XIV, 2 p. in-4.

615 TOUSSAINT LOUVERTURE, général en chef de
l'armée de Saint-Domingue.

L. sig., au général Desfourneaux. Gonaïves, 16 prairial an IV, 2 p.
un quart in-fol., tête impr. Déchirure au second feuillet.
Relative au récit historique de leur campagne de l'Est, rédigé par
le général Desfourneaux.

616. TRONCHET (François-Denis), avocat, défenseur de
Louis XVI, sénateur, etc., né 1726, mort 1806.

1º L. aut. sig., à M. de la Marck, exécuteur testamentaire de Mirabeau. 4 avril 1791, quart de p. in-fol. Trois *portr.*
Il s'empresse de prévenir que l'Assemblée nationale vient de décréter
qu'elle irait en corps au convoi de M. de Mirabeau, et qu'elle se ras-
semblerait à quatre heures, au lieu de ses séances ordinaires.
2º L. aut. sig., au citoyen Du Poirier. 26 pluviôse an XI, 1 p. et
demie in-8.

3° Billet aut., à M. Roland, statuaire. **Paris**, 14 janvier 1806, demi-p. in-12.

4° Traité du 4 janvier 1806, entre *Tronchet* et *Roland*, pour l'exécution du buste du premier, avec quelques mots autographes signés par l'un et par l'autre, 1 p. et demie in-4.

5° L. sig., à M. Roland. 25 février 1806, 1 p. in-8.

Envoi du traité qui précède.

6° Eloge de M. Tronchet... prononcé le lundi 14 avril 1806, dans la bibliothèque du lycée Charlemagne..., par M. Delamalle. Impr. 47 p. in-8.

617 **TURENNE** (le vicomte de), illustre maréchal de France.

1° L. sig., avec la souscript. aut., à madame...; Soëst, 25 avril, 2 p. pet. in-4. — 2° Pièce sig., 1652, demi-p. in-4. Cachet armorié.

618 **TURGOT** (Anne-Robert-Jacques), contrôleur général des finances, né 1727, mort 1781. (*Lettre autographe signée.*)

1 *page et demie in-4*, datée du 20 avril 1775, et adressée au maréchal Dumay, *au moment où éclata*, presque simultanément, à Paris, Dijon, Lille, Amiens, etc., *la fameuse révolte des grains*, l'un des plus graves épisodes du ministere de Turgot. « Je me suis rendu chez vous « ce matin, monsieur le Maréchal, pour vous faire part de la lettre « que m'écrit M. le marquis de la Tour-du-Pin, à l'occasion d'une « émeute très-vive arrivée avant-hier a Dijon. Elle a été au point que « la maréchaussée et une compagnie d'invalides ont été repoussées et « plusieurs maisons pillées... »

Joint une *lettre signée*, sans date, de 3 *pages in-fol. Belle pièce*, où sont développées *les idées de Turgot sur le commerce de l'Inde.*

619 **VALINCOUR** (J.-B.-Henri du Trousset de), historiographe du roi, ami de Racine, auquel il succéda dans l'Académie française, et de Boileau, qui lui adressa sa 11° satire.

L. aut. sig. à M. de Lamoignon: Versailles, 7 déc. 1704, 3 p. in-4. Très-jolie lettre, en réponse à une recommandation. Regrets très-bien exprimés de n'avoir pu seconder ses intentions en faveur d'un avocat, auprès du comte de Toulouse.

620 **VAUQUELIN** (Nicolas-Louis), pharmacien, chimiste, député, membre de l'Académie des sciences, né 1763, mort 1829.

1° L. aut. sig., à son ami Chevallier, à Rouen. Paris, 22 août 1849, 1 p. et demie in-4. Scientifique. Quatre *portr.* Notice de M. *L. de M.*

2° « Nouveau procédé pour brûler le soufre et pour décomposer le « salpêtre dans la fabrication de l'acide sulfurique. » Aut. 2 p. pl. in-4.

3° Rapport aut. sig. sur de l'urine que M. Huzard lui a donnée à examiner. Aut. sig., demi-p. in-8.

621 **VILLEMAIN** (Abel-François), ministre de l'instruction publique, secrétaire perpétuel de l'Académie française, né 1790.

1° L. aut. sig., à M. Jules Janin. Paris, 18 oct. 1842, demi-p. in-8. Deux *portr.*

Il le prie de faire parvenir une lettre à M. Gérard de Nerval, dont

on n'a pu retrouver l'adresse, et qui a été recommandé par lui. « Un
« heureux comme vous est un excellent guide pour trouver et consoler
« un peu le malheur. »

2° L. aut. sig., à M. le duc... 19 juillet, 1 p. in-4.

3° L. sig., à M. Lucas de Montigny. Paris, 30 sept. 1841, 1 p. in-4.

Il l'informe que, sur sa demande, il a accordé à la bibliothèque curiale
de Clamart un certain nombre d'ouvrages dont la liste se trouve sur le
second feuillet.

4° Imprimés. Eloge de Montaigne. 1812, 32 p. in-4. — Discours sur
les avantages et les inconvénients de la critique. 1814, 24 p. in-4. —
Son discours de réception à l'Académie française, et réponse de M. Roger. 1821, 68 p. in-8.

622 VINCENT DE PAUL (Saint).

L. aut. sig., à M. Portail, prêtre de la Mission, à Saint-Lazare ;
Frameville, 21 oct. 1644, 1 pl. in-4. Cachet. BELLE PIÈCE.

Relative à une difficulté pour la cure de Mypuis, à un voyage que
doit faire Vincent de Paul à Chartres, et à l'établissement de la Mission
à Fontainebleau, par ordre de la reine.

623 VOLTA (Alex.), célèbre physicien, né 1745, mort 1802.

Quitt. sig. pour son traitement comme professeur à l'Université de
Pavie. 31 mai 1794, 1 p. in-4.

SPALLANZANI (Lazare), célèbre physicien et naturaliste.

Quitt. sig. pour son traitement de professeur à l'Université de Pavie.
31 mai 1794, 1 p. in-4.

624 VOLTAIRE (Marie-François Arouet de), né 1694, mort 1778.

Minute aut. d'une lettre à M. le baron de Keiserling. Août 1738,
avec de nombreuses ratures et corrections. 3 gr. p. pl. et demie in-4.
Lettre intéressante qu'il commence par son portrait en vers :

« Favori d'un prince adorable,
« Courtisan qui n'est point flatteur,
« Allemand qui n'est point buveur,
« Voyageant sans être menteur,
« Souvent goûteux, toujours aimable ;
« Le caprice injuste du sort,
« T'avoit fait naître sur le bord
« De la pesante Moscovie, etc. »

625 VOLTAIRE.

L. aut. sig. *Voltaire*, à M. de Camas, ambassadeur. La Haye, 28 oct.
1740, 4 p. pl. in-4.

Très-curieuse lettre relative à l'*Anti-Machiavel* du roi de Prusse,
dont il fait le plus grand éloge. — « Enfin, monsieur, il vous aime et
vous l'aimez ; il connait le prix de vos conseils, c'est assez pour me
répondre de sa gloire. Je crois qu'il est né pour servir d'exemple à la
nature humaine, et sûrement il sera toujours semblable à lui-même s'il
croit vos conseils. Je ne lui suis attaché par aucun intérêt ; ainsi rien
ne m'aveugle. Ce sera au temps à décider si j'ay eu raison ou non de
lui donner les surnoms de Titus et de Trajan... »

626 VOLTAIRE.

L. aut. sig. *V.*, à M. Dupont, 17 mars 1754. 1 p. in-12.
Tout le livre de M. Dupin n'est qu'une preuve de la manière très-exacte dont il s'est exprimé sur la messe...

627 VOLTAIRE.

L. autogr. au libraire Lambert; 9 juillet (1757), 1 p. pet. in-4, trace de cachet.
Relative à la publication du 3ᵉ volume de ses œuvres. Il le conjure de lui dire s'il est vrai qu'il l'imprime; en ce cas, il le prie de ne pas le débiter sans la préface et l'épître dédicatoire.

628 VOLTAIRE.

L. aut. sig: *V.*; Ferney, 2 mars 1766, 3 p. pl. in-4.
Charmante lettre. Après avoir avoir engagé le magistrat, auquel il écrit, à ménager sa santé, il lui demande des nouvelles d'un graveur dont il a oublié le nom, et auquel il voudrait faire dessiner et graver une planche assez bizarre, destinée à un petit in-8. « ... Il s'agit de représenter trois aveugles qui cherchent à tâtons un âne qui s'enfuit. C'est l'emblème de tous les philosophes qui courent après la vérité. Je me tiens un de ces aveugles et j'ai toujours couru après mon âne : c'est donc mon portrait que je vous demande,.ne me le refusez pas... »

629 VOLTAIRE.

L. sig. V. (de la main de Wagnière), à M. Dupont. Ferney, 13 mars 1769. 1 p. in-4.
Il croit que M. le duc de Choiseul va faire bâtir dans son voisinage une ville où la tolérance sera établie. Il verra enfin les fruits de sa prédication. Les jésuites n'étaient pas de si bons missionnaires que lui. Les choses ont bien changé.....

630 VOLTAIRE.

L. aut., à M. Dupont, sans date. 1 p. in-8.
On peut très-bien mettre trois rimes de suite de même nature, surtout quand les vers sont aussi jolis que les siens. « Moy! un quatrain!
« et à M. de Voier! Qui peut faire des contes pareils? Je ne fais plus
« de vers, et M. de Voier est au-dessus de ces bagatelles..... »

631 VOLTAIRE (François-Marie Arouet de). (1° *Lettre autographe signée V...; 2° pièce signée, Arouet de Voltaire; 3° lettre signée, Voltaire; 4° lettre signée, Voltaire, gentilhomme ordinaire du roi; 5° pièce signée de Voltaire et de Marie Mignot, femme Denis.*)

La *lettre autographe*, de 2 *pages in-4*, datée du 7 mai 17.. (ce doit être 1774, d'après ce qui est dit de Goezman), est adressée à M. Delille, capitaine de dragons. On n'en citera que cette phrase : « .. Je ne
« blâme que ceux qui m'ennuient, et, en ce sens, il m'est impossible de
« blâmer Beaumarchais... »
La *pièce signée Arouet de Voltaire* est une procuration notariée du 11 mars 1745 relative à la succession de *son frère Armand Arouet*, successeur de son père dans la charge de trésorier des épices de la chambre des comptes.
Les *deux lettres signées*, datées des 25 mai et 8 juillet 1772, et adres-

sées à l'avocat Vermeil, *toutes deux de Wagnière, secrétaire de Voltaire*, sont relatives au procès célèbre de Veron et Dujonquay, contre le comte de Morangies.

Quant à la *pièce signée* de *Voltaire* et de *madame Denis*, elle est *très-curieuse* par *l'allure toute seigneuriale* qu'y prennent ces deux personnages : « Nous, Marie-Louise Denis, dame de Ferney, et nous, « François de Voltaire, *chevalier gentilhomme ordinaire de la chambre* « *du Roi, seigneur actuel de Tournay, Prégny et Chambesy*, décla- « rons... que *nous témoignons...* que *nous protestons...* et que *nous* « *exhortons...* surtout *nos officiers* à entretenir la paix *sans pressurer* « *le pauvre peuple*. Fait à Ferney, le 14 décembre 1774. » (Cette pièce est *aussi de la main de Wagnière*.)

Joint une *pièce signée de François Arouet, père de Voltaire*, datée du 18 août 1708. (6 *portraits* et 2 *gravures épisodiques*.)

632 **VOLNEY** (Const.-Fr., comte de), orientaliste et philosophe célèbre, membre de l'Assemblée constituante
et de l'Académie française, né en Bretagne.

L. a. s. à son collègue Garat (Paris, 1791), 3 p. in-4. (Pièce qui a été coupée dans le bas pour en détacher la signature, mais dont les deux morceaux se raccordent parfaitement.)

Lettre fort curieuse, toute relative à son livre des *Ruines*, qu'il vient de publier. Il désire que Garat en rende compte le premier. Il ne peut se défendre de quelques mouvements d'orgueil en songeant qu'il a fait un des livres les plus utiles qui aient paru depuis longtemps. Si l'Assemblée nationale, dit-il, a fait une bonne constitution, elle le doit aux écrits de quelques *penseurs solitaires comme nous*. Quelle sensation eût produit ce livre sous l'ancien régime, et quelle commotion ne produirait-il pas en Espagne, chez les Arabes, chez les Indiens, chez les Chinois, si l'on y répandait 5 ou 6 mille exemplaires en langue du pays? En France, il servira à repousser les efforts de *quelques intrigants* qui outragent la philosophie, leur nourrice. Dans son plan, il s'est proposé d'attacher même les lecteurs les plus vulgaires. « Rassembler dans un cadre heureux tout ce que la morale a de plus hautes vérités; donner des formes attrayantes et même légères à des questions abstraites et profondes, tel a été mon but. Ma tâche est remplie : je livre mon vaisseau aux vents et à la fortune... »

633 **WIELAND** (Christophe-Martin), littérateur allemand,
surnommé le *Voltaire de l'Allemagne*, né 1733, mort
1813.

1° L. aut. sig. (en allemand). Weimar, 5 octobre 1776. 1 p. in-4. Belle lettre. — 2° Fragment aut. sig. (en allemand). 4 petites lignes.

634 **WIELAND** (Christian-M.).

L. a. s.; Weimar, 10 déc. 1802, 2 p. in-4. Belle pièce contenant des explications détaillées pour la publication d'un de ses contes.

635 **WILHEM** (G.-L.-Bocquillon), compositeur de musique.

L. aut. sig. au directeur du *Charivari*, 3 p. in-4. Très-jolie lettre toute relative à l'enseignement populaire du chant, commencé en 1819, dont le parrain est son vieil ami *Béranger*.

636 Commentaires sur les Fables de Phèdre, par Phil. Le Bas.
— Traduction des Commentaires de Wieland sur Horace; 3 cahiers.

637 **KON-FO-TSZÉ** (en chinois), 5 cahiers in-4 oblong, renfermés dans un étui.

Donné à M. Vattemare par M. Franz Mayer.

638 Un Lot de volumes et cahiers en chinois, arménien et arabe.

639 Coquillages : Échantillons des produits de la mer, contenus dans une boîte en acajou, à trois compartiments.